走れ、健次郎

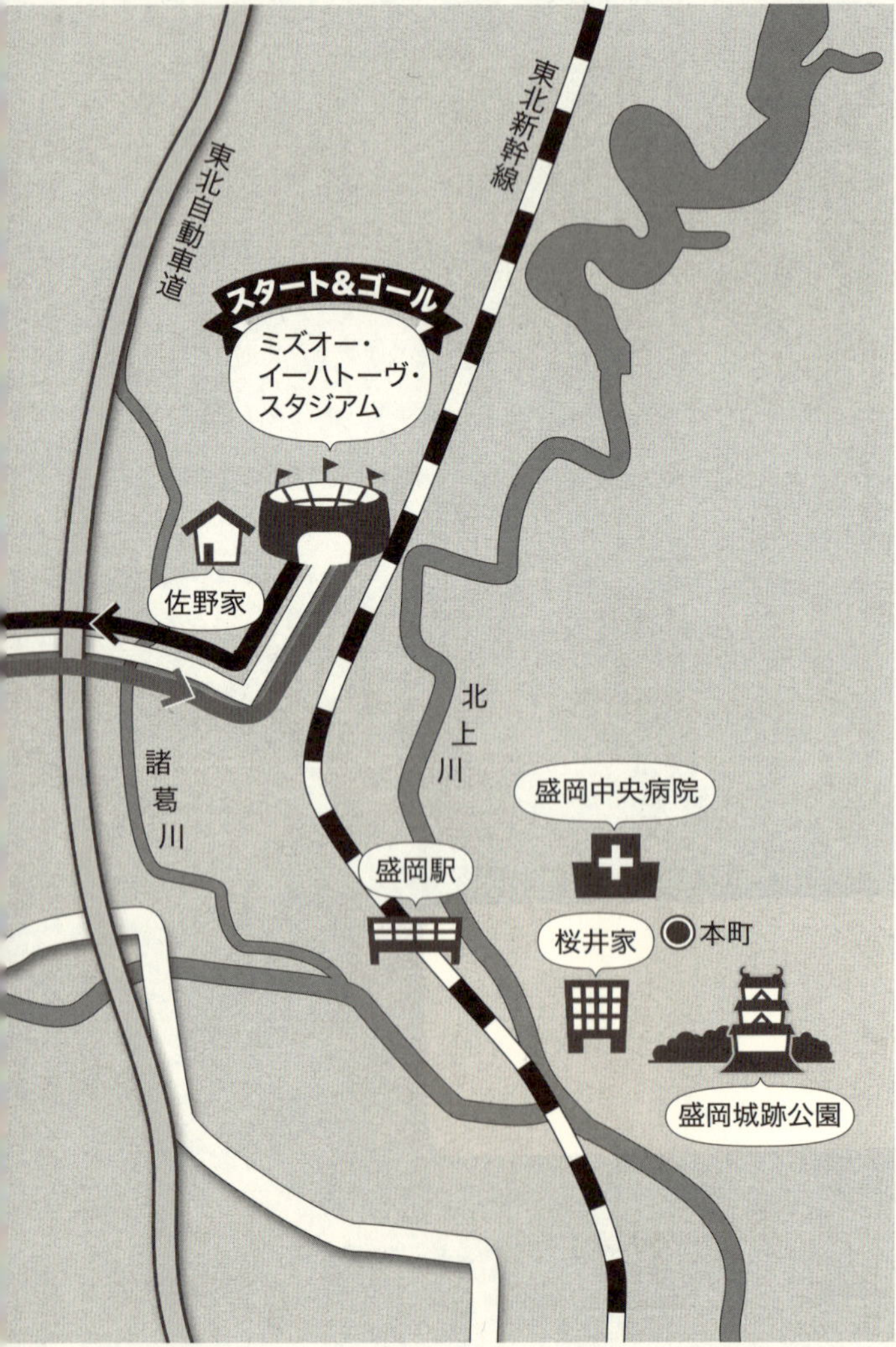
東北自動車道
東北新幹線
スタート&ゴール
ミズオー・
イーハトーヴ・
スタジアム
佐野家
北上川
諸葛川
盛岡中央病院
盛岡駅
桜井家
本町
盛岡城跡公園

霊峰岩手山
狼森
折り返し地点
小岩井農場
まきば園
5キロ地点
滝沢の
一本松
三浦家
秋田街道
30キロ地点
『走れ、健次郎』関連MAP

努力の成果なんて目には見えない。
しかし、紙一重の薄さも重なれば本の厚さになる。

メキシコ五輪マラソン銀メダリスト・君原健二《きみはらけんじ》

プロローグ

「先頭集団は、五キロのチェックポイントを通過しています」

桜井剛《さくらいつよし》の張りのある実況が、狭い中継車の中に響き渡っている。

盛岡《もりおか》市郊外のマラソン公認コース。

沿道には地元新聞社のロゴが入った赤い小旗を振る人々の列が連《つら》なっている。その列から次々に掛けられる、選手たちへの途切れることのない声援。中には白いガードレールから身を乗り出して拍手《はくしゅ》を送っている者もいる。横断幕を手にして駆《か》けているのは企業チームの応援団だ。椅子《いす》に座り、機械仕掛けの人形のように手を振り続けている老人。小旗を持ったまま、テレビカメラに映ろうとして走る笑顔の少年たち。さらには自転車で選手を追いかけようとして、係員に止められている中年の男の姿もある。どこのマラソン大会でも見られる普通の光景だ。

だがテレビ中継用のモニター画面に捉《とら》えられる光景を、その目で見たまま忠実に実況していた桜井の脳裏《のうり》に、ふと何か妙な感覚が襲ってきた。

どこかおかしい。

何か違う、と。

実況用に神経を研《と》ぎ澄《す》まし、周囲に張り巡らせた第六感のようなアンテナの先が、何か異質なモノに触れているような気がしてならなかった。

気配……何者かの気配。そうとしか言いようがなかった。もちろん、それが何かはわからない。目の前のモニター画面は、これといって変わりのないマラソン中継を映し出しているだけだった。

桜井はモニター画面から一瞬目を離し、腰を少しばかり浮かせて首を伸ばした。小型移動中継車の横長の窓から覗《のぞ》く、切り取られた四角い世界。そこから桜井は何かを見つけだそうと、神経を張り巡らせたまま左から右へと見渡した。しかし、その狭く四角い世界の中に、自分が感じたモノを見つけだすことはできなかった。桜井は首を傾《かし》げながら腰を下ろすと、再びモニター画面に目をやった。レースはまだ始まったばかりで、先はまだまだ長い。今は実況アナウンサーとして、目の前の展開に集中すべきだった。桜井は小さく頷《うなず》き、再び張りのある声を発した。

「さぁ、先頭集団は最初の坂を下り終えました。まもなく選手らは右折し、国道四六号線、通称秋田《あきた》街道に出ていきます」

約二ヶ月前

本町《ほんちょう》通りは、かつて盛岡で一番栄えた一帯にある。藩政時代の参勤交代では、城を出た南部《なんぶ》盛岡の御殿様一行が真っ先に通る道だったというのが、地元の古老たちに言い伝えられた自慢であった。明治から昭和にかけては本街《ほんがい》と呼ばれ、艶《あで》やかな芸者衆や洋装の紳士たちが行き交《か》う賑《にぎ》やかな社交街でもあった。

だが、今は昔ながらの佇《たたず》まいをかすかに残す、静かな商店街である。

その一角にある老舗《しにせ》料亭『笹駒《ささこま》』の離れでは、三人の男たちが静かに酒を酌《く》み交わしていた。一人は床《とこ》の間を背にして座る痩《や》せぎすの男で、ワイシャツの上にはこの場に不似合いなほど鮮やかな緑色のウィンドブレーカーを着ている。縁《ふち》なしのメガネを掛け、一重《ひとえ》瞼《まぶた》の眼光は鋭い。下座には二人。一人は上座の男と同じウィンドブレーカーを傍《かたわ》らに脱《ぬ》ぎ捨てた大柄な男で、ワイシャツの袖《そで》をまくりネクタイを緩《ゆる》め、赤ら顔で杯を傾けている。その左手には仕立ての良い紺《こん》色のスーツを着た小柄な男が座り、小まめに二人に酌《しゃく》をしていた。

た。


「局次長、あと二ヶ月ですね」

　小柄な男が銚子《ちょうし》を傾けると、局次長と呼ばれた男は苦々《にがにが》しげな顔付きで一息に飲み干《ほ》し

「ふん。まだ二ヶ月も残ってる」

　上座の男の名は世良《せら》和久《かずひさ》、四十一歳。二年数ヶ月前までは、日本を代表する総合スポーツ用品メーカー『ミズオー』本社の、事業局事業部第二事業課課長補佐だった。現在は人事部付きで出向の身である。出向先は『盛岡国際マラソン実行委員会事務局』で、現在の肩書きは事務局次長であった。

「だが大久保《おおくぼ》、もう少しの辛抱《しんぼう》だ」

「そうっすね」

　大久保と呼ばれた大柄な男は背中を丸めたまま、野太い声で頷いた。大久保は本社時代からの、世良の直属の部下である。以前の肩書きは第二事業課主任で、三十五歳。

　二年数ヶ月前のある日、突然下された辞令。サラリーマンの宿命とはいえ、それによって二人のサラリーマン人生は、大きな転機を迎えた。ワンマン社長が自分の故郷への恩返しとかで、ほぼ独断で開催を決めた国際マラソン大会。その大会開催のため、運営のノウハウを知る社員を数人送り込むことは社内の噂《うわさ》になっていた。しかし、まさか自分らに白《しら》羽《は》の矢が立つとは、これっぽっちも予想していなかったのである。

それまで担当していた首都圏でのスポーツスクール事業が軌道に乗り、次の定期人事異動に昇進を夢想しだした頃だった。まさに隙《すき》を突かれた気分で、何事も好事魔《こうじま》多しと知った。

結局、浦口《うらぐち》と松川《まつかわ》のまだ二十代の若い部下二人を連れ、盛岡という見ず知らずの北の土地に赴任《ふにん》したのである。赴任した当時は、何事ものんびり屋の東北人気質とやらが鼻に付き、何度も周《まわ》りと衝突した。世良は西日本の出身で、基本的に気は短い。しかし世良も大久保も愚《おろ》かではなかった。気質の違いは何ともならぬものと悟《さと》ってからは、妥協《だきょう》点をその都度《つど》見出しながら仕事を進めるようにした。内心仕事相手を見下しながらも。何せこちらは教える立場である。相手の習熟度が、己の査定の対象になるようなものだ。焦《あせ》っては何にもならない。国際大会開催のノウハウのまったくない無知な人々に、そのノウハウを効率よく叩《たた》き込むにはどうしたら良いのか。世良と大久保は部下の浦口と松川を何度も集め、念入りにミーティングを重ねた。それがやっと整ってきたのが一年前。

その頃には少しばかり、盛岡という土地を楽しむことが出来るようにもなりだしていた。なにせ盛岡は米も水もうまい。ということは、当然酒もうまい。さらには北上《きたかみ》高地の山の幸や三陸《さんりく》物の海の幸も楽しめた。文句を言わない限り、それなりに住めば都である。

とはいえそんな気持ちになれたのも、出向している期限がはっきりしていたからだ。大会終了後には帰れる。このリミットが決まっていることが、堪忍袋《かんにんぶくろ》の緒になってくれていたのだ。

しかしリミットは逆にプレッシャーでもある。社名を冠《かん》した大会を無事成功させなければならないのだ。そのためスケジュール通りに事前準備を遺漏《いろう》なく進める。それは言うはたやすいが、実際は苦労の連続だった。腰の重い地元の人間をその気にさせるため、手足となって動いてくれた大久保、そして浦口や松川らは、今や運命共同体ともいえる存在になっていた。

「ご栄転も間近だとか」

「いきなり何を言いだすんだい、桜小路《さくらこうじ》さん」

桜小路と呼ばれた小柄な男が、慣れた手つきで杯に酒を注いだ。桜小路は大手広告代理店『電報堂《でんぽうどう》』盛岡支社の社員である。肩書きは第一グループ・チーフマネージャーで世良とは同い年だ。細面《ほそおもて》で、顔のパーツの一つ一つが細くて薄い、いわゆる公家《くげ》顔をしている。電報堂は盛岡国際マラソン大会の広告宣伝事業を一手に引き受けていて、その窓口を担当しているのが桜小路だった。

「いやいや、御社内にはウチの人間もかなり出入りしておりますのでね、噂はいろいろと耳に入ります。なんでも次は本社の課長、いや一気に部次長という噂もあるようですね」

「ほう、そうなのか。そりゃ、スゴイ話だな。初めて聞いたよ」

とぼけた口調で返しながらも、まんざら悪い気はしない。向かい側では初耳だという顔で、大久保が目を丸くしている。

「実は次の異動で、私も東京本社に戻れそうでしてね。まぁ、それもこれも、皆様のおかげでございます。で、これからも長くお付き合いいただきたいと思いましてねぇ」

「なるほど、そういうことでの誘いだったのかい」

いきなりの接待の誘いを当初はいぶかしんだ世良も、得心した顔で頷いた。

「桜小路さんには、各方面での根回しなどで苦労をかけたからな。まぁ、そのうち銀座《ぎんざ》あたりで、また一献《いっこん》傾けるとしますか」

「いいですねぇ。それを聞いて安心しました。では、ちょっと失礼して」

満足げに頷くと、桜小路は身軽に席を立った。トイレに行くついでに帳場に顔を出し、領収書を頼むつもりなのだろう。世良は片頰《かたほお》だけで笑った。

「局次長、桜小路さんが言ってた噂って、本当なんすか」

桜小路の気配が遠ざかるのと同時に、大久保が赤ら顔を近付けてきた。

「はあー。お前、本当に知らなかったのか」

「はい」

「まったくお前は社内事情に疎《うと》いよなぁ」

「へへっ」

大久保は短く刈《か》り上げた頭をかいた。元々体育会系で、人は良い。ただ入社以来ずっと世良の下にいる関係で、なんでも世良の指示通りに動くイエスマンと化している。

「あっ、でも坂本《さかもと》さんの噂は聞いてますよ」

「坂本」

世良は吐き出すように、その名を口にした。入社以来出世街道を共に争いながら進んできた同期の名だ。あいつにだけは負けたくないという一心で、滅私奉公にも耐えてきたのだ。それなのにこちらが盛岡に出向している間に、一階級上の課長に昇進している。それがなによりも悔しく、劣等感の源《みなもと》にさえなっていたのだ。

「次はニューヨーク支店だとか」

「ふん。噂は噂だからな」

一瞬にして胸糞《むなくそ》が悪くなった。ニューヨーク支店勤務は、海外支店の中でも一番のエリートコースとされている。なにせ商売相手はスポーツ大国アメリカなのである。扱い高も推《お》して知るべしだ。なんだかまた坂本との距離が開きそうな気がして、世良は眩暈《めまい》を覚えた。しかし世良はそんな自分を奮《ふる》い立たせようと、座椅子の上の居ずまいを正した。

「それより、大久保。つい、まだ二ヶ月も残っているなんて言っちまったが、本音で言えばあと二ヶ月しかない」

「はい」

大久保も丸めた背筋を伸ばした。

「どこにも見落としがないか再確認しつつ、二ヶ月かけてさらに完璧《かんぺき》な運営を目指すんだ。いいな」

「もちろんです。へへっ、なんだか本社時代を思いだしますねぇ。あの頃、局次長はミスター・パーフェクトって呼ばれてたっすもんね」

「バカ、茶化《ちゃか》すな。ただのマラソン大会じゃないんだぞ。ミズオー・スポーツスペシャルって冠する国際大会なんだからな。俺たちが看板を背負っているんだ。サラリーマン人生をかけて、なんとしても大会を完璧に成功させる。それが俺たちに課せられた使命だからな」

「そうっすね」

「そうして胸を張って本社に凱旋《がいせん》してやる。なーに、遅れはすぐに取り戻すさ」

「はい」

大久保は赤ら顔をくしゃくしゃにして頷いた。

「お前らのことも、ちゃんと考えている。俺が上に行ったら、必ず引き上げてやるからな」

「は、はい」

慌《あわ》てて酌をしだした大久保の酒を受けつつ、世良はふと一人娘のことを思い出した。

独身の三人の部下と違って、世良には家庭がある。三鷹《みたか》市にやっと購入したマンションを離れての単身赴任生活。嫁よりも一人娘と離れての生活がなによりも辛《つら》かった。それほどに世良は娘を溺愛《できあい》していたのだ。昨夜の嫁からの電話が蘇《よみがえ》る。いわゆる『お受験』の話だ。私立中学の親子面接では、親の肩書きが物を言うとのことだった。曖昧《あいまい》に返事をしつつも、世良は固く心に誓った。人事部付きではなく、ラインの管理職としての肩書きを必ず手に入れると。そのためにはこの大会をどうしても成功させなければならない。成功という手柄を差し出さなければ、昇進争いの道に戻ることすら叶《かな》わないのだ。

「二年間も、こんな盛岡くんだりで我慢《がまん》してきたんだ。代償はでかいぜ」

世良は呟《つぶや》くように吐き出すと、杯の酒を一息に飲み干した。

約一ヶ月前

アスファルトが敷《し》き詰められた駐車場は、鈍色《にびいろ》の静かな水面《みなも》のようにも見えた。スペースの広さに比べ、止めてある車の台数が少なすぎるせいだろう。タイヤの周りには、赤や黄色に彩《いろど》りを変えた落ち葉が、あちらこちらに散らばっていた。この駐車場の東端に連なる岩山の峰から、風に乗り降り落ちてきたものだ。

車と車との境界になる白線が落ち葉のせいで見えにくくなっていて、見ようによってはカラフルな水草の漂《ただよ》う湖沼に、車が並んで浮かんでいるようでもある。

風も無く、横たわった落ち葉の群れはそよとも動かない。

駐車場に足を踏み入れた高倉健次郎《たかくらけんじろう》は——ホオーッ——と息を吐き出すと、一歩ずつ弾《はず》むようにして歩みを進めた。

健次郎は、駐車場の真ん中あたりで立ち止まると、ゴルフバッグを大事そうに落ち葉の絨毯《じゅうたん》の上に下ろした。

右手をスラックスのポケットに差し入れ、車のキーを取り出し、その場で突き出すように手を伸ばす。親指の腹で軽くスイッチを押すのとほぼ同時に、目の前にある車列の右から三台目の白い四ドア・セダン車が『カシャッ』と軽やかな音を立てた。

健次郎はカサカサと音を立てる落ち葉を蹴散らしながら、滑《すべ》り込むようにして車に乗り込むと、素早くエンジンキーを差し込んだ。キーを捻《ひね》ると下腹を揺さぶるように湧《わ》き上がるエンジンの重厚な唸《うな》りに遅れること数秒で、入れっぱなしのCDがいきなり高らかに鳴り出した。だいぶ前にヒットした、Mr.Childrenの『Tomorrow never knows』だった。じっくり聞きたいお気に入りの名曲ではあるが、早朝なので音量が高すぎる。健次郎は慌ててボリュームを絞《しぼ》り、その手でトランクを開けるボタンを押した。

『ボン』という鈍重《どんじゅう》な音がして、後ろのトランクがノソリと持ち上がるのが感じられた。健次郎は車から降りると、直立不動の姿勢を保《たも》っているゴルフバッグを再び担ぎ上げて、そそくさとトランクに運び込んだ。

ゴルフバッグを丁寧《ていねい》に横たえながら、健次郎はわずかに膝《ひざ》を折ってさりげなくトランクの奥を覗《のぞ》き込んだ。手前には洗車用の青い角形バケツと柄の短いブラシ。奥には捌《さば》ききれなかった商品のチラシが入った白い箱と、広告を刷《す》り込んだ夏祭り用の団扇《うちわ》を入れっぱなしにしてあるダンボール箱が二個並べて置いてある。チラシは『スズメ蜂スポーツウォーター』の販売促進で配ったものだ。思うように売れなかったことが、今も健次郎の心に引っかかっている。ダンボール箱の角の一部は擦《す》り切れていて、そこから団扇がひょっこり顔を出していた。

ふと健次郎は、その団扇を配布していた時の後輩の三浦《みうら》の横顔を思い出した。大柄な体を丸めるようにして、汗だくで混みあう夏祭りの客に配っていた姿。一生懸命さが伝わってきて、それでいいと健次郎は思っていた。たしかに覚えは遅く、手際《てぎわ》は悪い。それが目下《もっか》の悩みの種の一つではあったが、その愚直《ぐちょく》なまでの真《ま》っ直《す》ぐな姿勢には好感が持てた。若さゆえの眩《まぶ》しさを感じることだってあった。それなのに最近、時折探るような目をして自分を見ているような気がするのだ。何があったというのか。

「まぁ、いい」

健次郎は呟くと、そのダンボール箱を手前に引っ張り出した。

二つの箱を目隠しにするような形で、奥まったスペースには黒い大きな筒形スポーツバッグが押し込まれてあった。トランクルームの内装色と同化して、ちょっと見には存在がわからなくなっている。

そのバッグに手を伸ばそうとして止めた。ふと誰かに見られているような気がしたからだった。

健次郎はさりげなく振り返ってみた。後ろには同じような造りの角張った灰色の県営住宅が、倒されるのを待っているドミノのように、やや肩を落とした感じの気をつけをして二列に六棟並んでいる。築二十五年をとうに過ぎたくたびれた佇《たたず》まいは、実際いつ倒れてもおかしくなさそうにさえ見えた。地震のたびに近くにある地方気象台が発表する震度と、確実に体感震度が一つは違う。この分だと耐震構造に問題があるとしか思えなかった。

その手前には時代遅れの錆《さ》び臭い遊具が置かれた、猫の額《ひたい》ほどの小さな公園。健次郎は息を止め、二号棟の五階にある自分の家をゆっくりと見上げた。

「うわっ」

予期せぬものを見つけて、思わず素《す》っ頓狂《とんきょう》な声を発してしまう。自宅のベランダに妻の奈穂美《なおみ》が立っていたからだ。奈穂美はピンク色のスウェット姿で、一歳半を過ぎたばかりの娘の美冴《みさえ》を抱っこして、こちらを見下ろしながら何かしきりに口を動かしている。娘に対してはやさしげな笑みを浮かべ、こちらを見下ろした瞬間は目を大きく見開いているような気がするのだが、それはあながち思い過ごしではあるまい。おそらく――パパはまたゴルフでちゅよぉ～。せっかくのお休みなのに、美冴もママも遊んでもらえなくて残念でちゅねぇ～。こんな秋晴れの天気の良い土曜日なのにねぇ。でも我慢、我慢。これもお仕事のうちでちゅから。広告代理店の営業マンは土日も関係なくて、本当に大変でちゅねぇ～――とでも、嫌味たらたらの赤ちゃん言葉で言っているに違いなかった。健次郎には奈穂美の棘《とげ》のある声が、空耳のように聞こえてくるのだった。

妻の奈穂美は四歳年下の二十七歳で、ショートカットの似合うスレンダー美人だ。二重《ふたえ》瞼《まぶた》の大きな瞳に、均整《きんせい》のとれた細い眉《まゆ》。なで肩のせいか、首も細くか弱く見える。しかしそれも黙っていればという条件が付く。父親の転勤に伴い小学校二年生から中学校二年生までの七年間を関西で過ごしたせいで、普段の会話は関西弁と標準語、さらに岩手弁のチャンポンだ。しかも声が大きく、話し出すと止まらない。さらに興奮したり口喧嘩《くちげんか》になったりすると、普段は愛らしく見えるネズミのような大きな前歯を剝《む》き出しにして、信じられないほどの激しい関西弁を雨あられと繰り出してくるのだ。そうなると健次郎は黙るしかなかった。もともと口数の多いほうではなかったが、言い争いは何より苦手だったし、東北人の悲しいDNAが作用しているのか、関西弁に対しては無条件に萎縮《いしゅく》してしまう性質だった。だから空耳が関西弁で聞こえなかっただけでも、健次郎にとっては御《おん》の字だった。

健次郎は慌てて作り笑いを浮かべ、愛妻と愛娘に向かって、しらじらしくも大きく手を左右に振ってみせた。一七三センチの身長に六三キロの体重。接待で酒を飲む機会の多い仕事だが、まだ若いせいか腹は出ていない。もっとも、若いと言っても三十一歳。三十路《みそじ》を意識しだしている。細面の顔立ちは一見優男風。しかしくっきりとした鼻筋と引き締まった口元が、意志の強さを物語っている。髪の毛はサラサラで、生まれてこのかた整髪剤なんてものは使ったことがない。したがって白い長袖のポロシャツにベージュのスラックス姿で手を振る様は、傍目《はため》にはいかにも爽《さわ》やかな体操のお兄さん風である。

ところが実際の健次郎は、内心飛び上がらんばかりに激しく動揺していたのだ。新婚時代ならいざ知らず、子供が出来てからというものはいつも玄関先で見送る程度で、ベランダまで出てくることはついぞなくなっていた。それですっかり安心しきっていたのかもしれない。早朝のまだ気温の低い状態だというのに、背骨の両側を妙に気持ちの悪い汗がツーッと流れ落ちていくような感じがしていた。

『油断禁物』と、健次郎は戒《いまし》めの意味を込めて小さく呟いた。距離があるので悟られるはずはなかったが、にわかに浮かべた作り笑いは修正しようにも微妙にひきつったまま戻らなかった。

決してまずいところを見られたわけではないのだ。車のトランクに浮気相手でも隠しているというのなら話は別だが、そんな大それたことをするほど、そっち方面の肝《きも》は据《す》わっていない。それなのにこれだけ動揺してしまうのは、やはり健次郎自身の心の中に、どこかしら後ろめたい気持ちがあるからなのだろう。いや、後ろめたい気持ちを持つのも当然かも知れない。悪い事をしているつもりはなくとも、ずっと偽《いつわ》り続けていることに違いはないのだから。

健次郎は操《あやつ》り人形のようなぎこちない動きでトランクを閉めると、そのまま振り向かずに運転席に乗り込んだ。震えそうになる手でシートベルトを装着し、ルームミラーに自分の顔を映してみる。思ったとおり、いびつな笑顔が固まっていた。健次郎は両手で頰を叩き、大きく深呼吸を二度ばかりしてから、アクセルをゆっくりと踏み込んだ。動き出した車は落ち葉の絨毯を踏みしめながら、まるでお辞儀でもしているかのように駐車場入り口の段差をペコリと乗り越え、低い姿勢のまま真っ直ぐ車道に飛び出して行った。

その光景を五階のベランダからじっと見下ろしていた奈穂美は、抱きかかえた娘の美冴に唇を尖《とが》らせたまま話しかけた。

「なんか怪しいでちゅね〜。でも、大丈夫でちゅ。パパは嘘《うそ》がつけないタイプでちゅしね〜、それにママが嘘は大嫌いってこと知ってるはずでちゅからね〜」

当然、その声が健次郎の耳に届くはずは無かった。

盛岡市みたけの県営運動公園内にあるミズオー・イーハトーヴ・スタジアムは、竣工《しゅんこう》を一ヶ月後に控《ひか》えて建設工事も最終盤に差し掛かっていた。スタジアムの手前には四角いプレハブの作業小屋や工事用の大型建設機械が行儀《ぎょうぎ》良く並んでいる。その向こうの一階部分の真新しいサッシガラスには、白い紙がベタベタと貼られていた。黒光りしたアスファルトやレンガ風のインターロッキングの上には、大小の黒い土の塊《かたまり》が所々に転がってい て、ここがまだ工事現場であることをそれとなく主張している。それでもすでに完成したと思われるアーチ状の銀傘《ぎんさん》が、朝の陽射しを浴びて海面のようにギラギラと輝き、見る者の気持ちをいやおうなしに昂《たか》ぶらせてくれている。

健次郎は早朝のジョギングを楽しむ老若男女を追い越し、並びの一番はずれにある作業小屋脇のいつものスペースに車を止めた。サイド・ブレーキをしっかり引いてからエンジンを止め、トランクのボタンを押して開いたのを確認し、弾《はず》むように車から飛び出した。目の前には真新しいスタジアムのレンガ色の壁。健次郎は腰に手を当て、眩しげに目を細めながら、ゆっくりと銀傘を見上げた。

「もうすぐだ」

吐き出すように呟きながら、スタジアムの壁面をぐるりと見渡す。

だが、こうしていると、どうしても仕事のことが先に浮かんでくる。頭を左右に振って消し去ろうとしても無駄だった。逆に完成セレモニーの想定シーンが、次々と鮮やかな映像となって押し寄せるように頭に浮かんできてしまう。こうなるともう笑うしかなかった。健次郎は一ヶ月後に行われるこのスタジアムの柿落《こけらお》としイベントの関係者の一人だった。

そもそも新しいスタジアムの建設は、現知事の選挙での公約の一つであった。もはや老朽化し、使うに堪《た》えないと悪評が高かった岩手県営運動公園陸上競技場を取り壊し、新しいスポーツの拠点を作りたいと選挙戦で訴え当選したのだ。

現知事がこれを公約の一つに挙げたのには理由があった。実は選挙戦の直前、地元経済人や熱烈なサッカーファンたちが中心となって、盛岡市にJリーグを目指すサッカーチームを立ち上げたのだ。地元マスコミも煽《あお》るように連日ビッグニュースとして取り上げた。この動きに対して、県民の大多数は賛同の姿勢を見せ、次々と熱烈サポーターとして名乗りを上げた。

もともと北東北はプロスポーツ不毛の地と長いこと言われ続けていた。観戦にしたってプロ野球は年に一試合がせいぜいだ。プロサッカーの試合にしても、Jリーグ発足《ほっそく》時のドタバタ状態の時に一試合行われただけだった。したがって岩手のスポーツファンの大多数は、プロスポーツに激しく飢《う》えていたのである。忸怩《じくじ》たる念のようなモノが、この時とばかりに爆発した感じでもあった。

もちろんサッカーチームが出来たからといって、すぐにJリーグ入りできるわけではない。下部リーグから順に勝ち上がっていって、東北社会人リーグ一部、JFL、J3、J2、J1と昇格していかなければならないのだ。何ヶ年計画になるか予測もつかないほど、厳しく長い道のりであろう。そのための運営費は莫大《ばくだい》だし、さまざまな条件をクリアしていかなければならなかった。

たとえばクラブを法人化し、ホームタウンを確保しなければならない。次にプロA契約した選手を規定数保有しなければならないし、指導者はライセンスを取得しなければならない。さらには育成面を考慮《こうりょ》した下部チームの保有等々。そしてなにより欠けているのは器《うつわ》。つまりスタジアムの確保だった。Jリーグ入りするためには最低J2で一〇〇〇〇人、J1で一五〇〇〇人以上収容できるスタジアムの確保が必要不可欠な条件なのである。しかもピッチは常緑の天然芝で、平均一五〇〇ルクス以上の照度を持つ照明装置を設置していなければならない。

残念ながらこの条件をクリアできるだけのスタジアムは岩手になかった。一番大きな県営運動公園陸上競技場は収容人員が約三〇〇〇〇人。ただし昭和四十五年に行われた岩手国体の遺物である。

一言で言えば超オンボロ。それに実際三〇〇〇〇人収容できるかと聞けば、誰もが首を傾げる。至るところが傷《いた》んでいるのだ。そんな疲れきった老体に鞭打《むちう》ち、莫大な費用をかけて大改修したとしても、ツギハギだらけの間に合わせスタジアムになるのが目に見えていた。

そこで文部科学省のキャリア官僚だった現知事は、サポーターたちが始めたスタジアム建設のための署名活動に目をつけた。票集めの効果を狙って『岩手からJリーグへ』の県民世論の波に乗る形で、新競技場の建設を公約に加えたのだ。狙いはズバリ当たり、現知事は浮動票を大量に集めて二人の対立候補を退《しりぞ》け、見事初当選を果たした。

ところが現実問題、厳しい県財政に直面した知事は、どうしても緊縮財政路線を取らざるを得なくなった。岩手県の年間予算は七四〇〇億円あまり。前年比マイナスの緊縮予算が何年も続いている。このうち公債費や人件費といった義務的経費だけで歳出全体の約五〇％を占《し》めていて、県財政は知事の想像以上に硬直化していたのだ。残りの約五〇％の予算で産業振興や人材育成、人口減社会への対応、地域力の向上などなど、やらなければならないことが山ほどあった。知事とて新競技場の建設だけを公約に掲げたのではないのだ。こうなると、なるべく金のかからないものが優先される。当然、新しい箱モノなどは先送りとなってしまうのだった。

これには県内のスポーツ団体の関係者や経済人、特に業界をあげて知事を支持した建設業関係者が黙っていなかった。厳しい県財政は理解できるが、あれだけ派手にぶち上げた公約の筆頭格は守るべきではないのかと、己の利害は極力表に出さないようにしつつ、さまざまな方面から圧力をかけだしたのだ。これでは知事もたまらない。もはや二期目の再選は、風前の灯《ともしび》とさえ噂されるようになった。

そんな状況で行われたのが県都盛岡市の市長選挙だった。

わずか数百票差という歴史に残る大激戦を制して当選し新市長となったのは、県体育協会出身の前県議会議員だった。自らも若い頃ラグビー選手として関東大学リーグで名をはせたスポーツマンの新市長は、国の補助金を最大限に利用し、さらには盛岡市とほぼ折半《せっぱん》の形での新競技場建設を知事に持ちかけたのだ。盛岡市とて厳しい財政であるにも拘《かか》わらずだ。しかも市長は強力なブレーンとして、国内最大手のスポーツメーカー『ミズオー』の社長まで担ぎ出してきて直談判したのだった。新競技場が完成したあかつきには、ミズオーが開催行事の運営等で全面的に協力するとの確約付きでだ。

ちなみにミズオーの社長は盛岡市の出身で、市長とは高校時代の同級生だった。社長自身も故郷への恩返しの気持ちが強かったのだという。それまで重い腰だった知事も、これには渡りに船とばかりに飛びついた。

こうしてなにはともあれ新競技場の建設が決まった。

当初は通年利用を考え、札幌《さっぽろ》ドームを真似《まね》た施設《しせつ》がいいのではないかという有力な案が出され、県民の期待も一気に高まった。雪国のハンディキャップである積雪をものともしない札幌ドームは、北国のスポーツファンにとって憧《あこが》れのスタジアムである。さっそく県議会議員と市議会議員、さらに県職員と市職員らによる仮称岩手スタジアム建設準備委員会のメンバーらが現地へ視察に向かった。

札幌ドームは世界でも珍《めずら》しいホヴァリングサッカーステージというシステムで作られている。サッカーで使用する際は天然芝移動式サッカーフィールドで、野球で使用する際は人工芝球場。つまりサッカーの試合がある時は、普段ドームの外に置いて育てている天然芝のステージを空気圧で浮上させ、水平に移動してドーム内にはめこむ。野球の場合はその逆で、用途により床の交換が出来るスタジアムなのだ。なんとも大掛かりで画期的な方式である。そのための建設費は実に四二二億円。さすがは人口一八〇万人を超える大都市札幌、大商圏札幌と委員らは目を丸くし、『北海道はでっかいどう！』とお決まりのセリフを叫ぶなり卒倒した県議会議員もいた。中には唇を噛《か》み締めて涙ぐんでいる市議会議員さえいたほどだ。身のほどを悟ったのである。なにせ札幌ドームは、北海道日本ハムファイターズと北海道コンサドーレ札幌という二つのプロチームの本拠地なのだ。完成後の施設運営の点でも到底参考にはならないと納得し、委員らは負け犬のように尻尾《しっぽ》を丸めてスゴスゴと岩手の地へ引き揚げた。

数日後、ドーム案は直ちに却下された。

失意の中、次に出されたのが新潟《にいがた》スタジアムを真似る案であった。新潟も同じ北国で、市の規模も札幌よりははるかに近いということで検討されたのだ。

とはいえ新潟市の人口は約八〇万人。たかだか三〇万人規模の盛岡市としては思い切り背伸びをした形だが、たしかに札幌に比べればまだ手が届きそうに思えたらしい。いや、そう思わねば正直やってられなかったのであろう。

新潟スタジアムは二層式スタンドで、観客席の九〇％以上が屋根に覆《おお》われている。収容人員は四二三〇〇人。フィールドの真ん中に天然芝のサッカー場。その周りを囲む形で陸上のトラックが設置されている。プロ球団のない岩手では、こちらの方が現実的であった。

しかしここでも建設費がネックとなる。新潟スタジアムの建設費は約三〇〇億円。岩手県と盛岡市が捻出《ねんしゅつ》できる予算は、ギリギリ二二〇億円しかなかったのだ。

再び頭を抱えた建設準備委員の中に、一人のアイデアマンがいた。民間企業の経営者でもある彼は、予算が三分の二しかないのだから、三分の二のスタジアムを作ればいいのではないかと言い出したのだ。つまり競技スペースであるフィールドの広さはそのままで、観客席や内部施設などの規模を縮小し、設備のコストを削減《さくげん》させる案だ。悲観的になっていてはいけない。ここは楽観的にいくべきだと、彼は天才バカボンのパパの名言を借用して『これでいいのだ』と提言した。

例えば新潟スタジアムの観客席はすべて背もたれ付きの椅子になっているが、それを安価な並クラスの椅子にするとか、バルコニーの付いた個室観覧室を取りやめるとか、スタンドに設置する大型映像装置も安価な台湾《たいわん》製品にするとか、バリアフリーを標榜《ひょうぼう》しているくせに身障者用エレベーターの数をこっそり減らすとか。ざっと挙げただけで、数十箇《か》所《しょ》。民間感覚で、削《けず》れるところは削りまくるという案だ。もちろん人件費もだ。苦肉の策といえばそれまでだが、元来頭の固い連中ばかりの委員や、税金の使い道に無神経だった役人らの目には新鮮に映ったのだろう。思わず『セコイ！』と叫んだ県民が数十万人はいたと思われるのだが、結局この案ですんなりまとまり、県議会と市議会はようやくゴーサインを出したのであった。

新競技場は鉄骨鉄筋コンクリート造り。屋根は鉄骨及びテフロン膜《まく》構造で、観客席の約九〇％を覆う。フィールドは三種類の寒地型西洋芝を混ぜた天然芝で、一〇七メートル×七二メートル。トラックは第一種公認全天候型トラックが九レーン。何から何まで新潟スタジアムのパクリではあるが、フィールド以外は予算に合わせた縮小サイズである。もちろんパクリと言われないために、外壁は煉瓦《れんが》を配した北欧《ほくおう》風の造りにしている。暖色の外壁は人を穏《おだ》やかな気持ちにさせ、パクリではないのかとの疑問を口にする人を極端に減らす効果もある。縮小サイズなので収容人員も二八〇〇〇人となっているが、Jリーグの規定は軽くクリアしていた。もちろんサッカーだけでなく、ラグビーやアメリカンフットボール、陸上競技等にも対応できる多目的競技場となっている。

県民の厳しい視線を浴び続けたせいか、二年という慌《あわただ》しい工期も遅れることなく順調に進み、ついに一ヶ月後には完成を控えるまでとなっていた。

新競技場の名称は施設命名権、いわゆるネーミングライツを利用した。ネーミングライツは企業にとっての宣伝効果として活用され、アメリカではメジャーリーグの新球場の名称等でおなじみだ。日本においては、赤字施設の管理運営費を埋《う》め合わせる手段として注目されている。したがって現在ではスポーツ施設に限らず、文化施設や駅舎のネーミングにまで及んでいる。契約金はプロ野球スタジアムの場合で年間二〜三億円、Jリーグスタジアムで年間七〇〇〇万円程度といわれている。施設にとってはまことにありがたい権利である。

盛岡の新競技場は設立の経緯から当然天下のミズオーが名乗りを上げ、予想通り競《せ》り落とした。契約金は二四〇〇万円で、期間は三年間。プロスポーツの無い地方のスタジアムにとっては、破格の評価である。その名称は『ミズオー・イーハトーヴ・スタジアム』と決定した。イーハトーヴとは岩手の偉人、宮沢賢治《みやざわけんじ》が唱《とな》えた理想郷のことである。理想郷がセコイ縮小サイズというのは、なんとも郷土の偉人に対して申し訳ない気もするのだが、この際細かいことは言っていられなかった。腰の重い岩手人にとって、この手のモノは勢いがすべてなのである。

建設が決まってからすぐに行われた広告代理店各社によるコンペの結果、完成記念の杮落としイベントを見事受注したのは、健次郎の勤める地元では大手の広告代理店であった。ビッグイベントの受注に会社は沸《わ》き上がり、シブチンで知られる社長が金一封を社員に配ったほどだ。健次郎自身も営業担当として、県庁と市役所に日参した苦労の日々が報《むく》われた思いだった。なにせ相手は世間知らずの公務員が多く、ムチャ振りとしか思えない要求もたびたび。しかしどんな要求にも、健次郎は誠心誠意応《こた》えてきたつもりだったからだ。後輩の三浦も時々足を引っ張りながらも必死に手伝ってくれた。二人でさらに関係者の間に食い込んでいったのはほかでもない。次なるビッグイベントを予想していたからだ。

予想通り。いや、それ以上に健次郎の心を揺さぶる大きな出来事が待ち受けていた。それは柿落としからさらに二週間後に行われることが決まった『盛岡国際マラソン大会』である。なんと準備期間二年少々という短い期間で、いきなり盛岡市で国際大会をやろうというのだから、県庁と市役所の関係者は皆度肝《どぎも》を抜かれる思いだった。

これは新競技場建設を強く勧《すす》めたミズオーの社長自身が、勧めた責任と故郷への恩返しからトップダウンで決めた大会だった。言ってみれば、思いつきの御祝儀である。

通常、マラソン大会を開催しようと思ったら、これはもう大変な準備と手間が必要である。コース設定から道路の使用許可、さらには赤字にならないための運営等々、素人《しろうと》が何人集まっても話にはならない。そこへ国際大会開催のノウハウを熟知している天下のミズオーが、実行委員会に社員を数人送り込み、さらにはメインスポンサーとなって選手の招聘《しょうへい》やテレビ放送まで手配してくれるというのだから、これはもう至れり尽くせりである。

すぐに関係者が集められ、ミズオーの社員を中心に公認コース作りに乗り出した。マラソンコースがなくては話にならないのである。日本陸連の担当者の指導の下《もと》、ワイヤーロープでの計測が行われたのであるが、これがまた実に地味な作業であった。直径五ミリで五〇メートルの長さの鋼鉄製ワイヤーを使い、四二・一九五キロを計測するのである。約三〇人のスタッフが、ひたすら手作業を繰り返すこと八百四十四回。かかった時間は七〇時間以上であった。

ここまでやってくれるのだからと、県庁や市役所の関係者で文句を言う者は誰一人いなかった。さらに大会を仕切るのはミズオーとの繋《つな》がりから、業界ナンバーワンの東京の大手広告代理店『電報堂』と決まり、そこからも社員が実行委員会に送り込まれることとなった。

そんなわけだったので、地元広告代理店関係者にとって『盛岡国際マラソン大会』自体は、あまり仕事としておいしい話ではなくなっていた。せいぜい下請《したう》けとしておこぼれにあずかろうとする動きが数社あるくらいで、口を挟《はさ》む隙間《すきま》などこれっぽっちもなくなっていた。気落ちした健次郎の会社の社長などは、金一封時の威勢の良さはどこへやら、この一件ですっかり持病の胃痛を悪化させ、ついには入院してしまったほどだった。さらには町の迷惑だから『盛岡国際マラソン大会』なんてやらなくていいと、まるで呪いをかけるかのように呟きまくっていたものだ。

それでも健次郎の胸は激しく高鳴った。自分の生まれた街で、自分の育った街で開かれる初めての国際マラソン大会。オリンピックの出場選手や世界陸上の名だたるメダリストたちが、この盛岡にやってきて走るのだ。陸上競技を、それも長距離を経験した人間にとっては、涙が出るほどたまらない一大イベントである。

あいつが生きていたら、どんなに喜んだことだろう。いや、あいつが生きていたら、当然この大会に出場していたに違いないのだ。それだけの選手だった。そう考えると、重く忸怩たる思いが腹の底から込み上げてくるのだった。

健次郎は腕にはめたマラソン・ジョギング用のデジタル時計を眺《なが》めた。すでに六時十五分を回っている。

「やばい、時間がないや」

健次郎は開いたままのトランクを真上に持ち上げ、奥の方から黒い大きな筒形のスポーツバッグを引っ張り出した。左手でトランクを閉めて、その上に静かに置く。そして何かの儀式でも始めるかのように、目を閉じ深呼吸を一つすると、勢いよくファスナーを開けた。

でかいスポーツバッグの割に、中身は大して入っていない。ファスナーの真下には、マラソンのコースが赤いラインで記《しる》された盛岡市と隣接市町村の地図。四つ折になった地図を取り出すとその下に、白いランニングシャツと黄色いランニングパンツが、几帳面《きちょうめん》にたたんで重なっている。端《はし》にある白い厚手のスポーツタオルをめくると、その下からは青い巾着《きんちゃく》型の靴袋が顔を覗かせた。靴袋の口に両手の親指を突っ込んで一気に紐《ひも》を緩めると、まだ真新しい白いランニングシューズが姿を現した。アッパーはメッシュ。靴底は小さな長方形が細かく並んだパターンになっていて、舗装道路で威力を発揮するタイプのシューズだった。健次郎は右手でそれをつかみ出し、朝の太陽に見せつけるかのように高々とかざした。

——始まる。いや、始めるんだ。そうしろって言ってるんだろう……なぁ、そうだろう——

健次郎は青く澄《す》んだ空を見上げ、思い切り胸を張った。何もかも浄化してくれそうな空に思えたが、やはり心の片隅《かたすみ》のモヤモヤとした思いだけは消えなかった。

頭上にはトンビが一羽舞っていた。青い空を従えて、ゆっくりと大きな輪を描いている。

ふいに強い風が吹き、木々の葉が音を立てて揺れだした。その瞬間、トンビは風切り羽を光らせて、一直線に運動公園の林の中に突っ込んで行った。

スタート①

十一月の第二日曜日がやってきた。

小春日和《びより》というほどの空模様ではなかったが、時折日も差す穏やかな休日である。週末の雨に九週連続でたたられた盛岡市も、今日ばかりは神懸《かみがか》り的に冴《さ》え渡った青空が覆うように広がっていた。街を包む空気は明らかに透明で、どこまでもソーダ水のように澄んでいる。

街のシンボルである標高二〇三八メートルの霊峰《れいほう》岩手山は、赤茶けた山肌をくっきり現し、悠然と市街地を見下ろすようにそびえていた。三週間前に初冠雪を記録してはいたが、一時中腹まで白く積もった雪はすっかり消え失せている。

とはいえ暦《こよみ》の上での立冬を過ぎたばかりだというのに、北国岩手に吹く風はすでに冬の冷たさだった。

県営運動公園内の緑地にあるイロハモミジは真っ赤な葉を枝にしがみつかせていたが、街路樹であるイチョウやケヤキ、トチの大樹は早々と力尽きたのか、恥ずかしいほど丸裸に近い状態になっている。木々の足元の前に続いている歩道の上は、黄色いイチョウの葉が厚く敷き詰められて延びていた。時折思い出したように吹く強い北風が、黄色い道をさらに延伸させ、匂い立つ銀杏《ぎんなん》の香りまでも遠くへ運んでいく。平年であれば、盛岡の初雪は十一月八日。いつ平地に雪が降ってもおかしくない時期であった。

しかしミズオー・イーハトーヴ・スタジアムに詰め掛けた満員の観衆は、誰もが上気したように赤い顔をしていた。感動、興奮、激情、高揚、そして陶酔《とうすい》。厚手の防寒具をしっかりと着込み、観戦の装備を万全に整えた北国の民は、待ちわびた新しい祭りの開幕を熱のこもった目で見つめている。時折スタジアムの片隅で勝ち鬨《どき》のような荒々しい声が上がり、そのたびに不慣れな興奮のウェーブが、観客席の左右に走る。誰もが胸を躍《おど》らせ、血を滾《たぎ》らせているのが熱いほど伝わってきていた。

お笑い芸人やスポーツ出身タレントらでにぎやかに行われた柿落としから二週間。真新しいスタジアムに充満する今日の熱気の質と量は極めて深く濃密で、完成記念イベント時の熱狂をさらに上回っていた。

記念すべき国際マラソン大会のスタート時間は午後〇時一〇分。メインスタンドのひときわ大きなデジタル時計の表示は11：55を示していた。

選手らはウィンドブレーカーの上下を着て、ウォーミングアップに余念がない。すでにスタートラインの近くに集まりだし、体を動かしながら何事か会話している選手らの姿もあった。

競技場の外では白い腕章を付けた係員が、トランシーバーを片手にせわしなく走り回っている。選手らが飛び出してくるスタジアムの出入り口付近は、紺色の制服を身につけた屈強な警備員らによって厳重に固められていた。警備員の耳には黒いイヤホンがはめられ、本部からの無線による指示をじっと待っている。血走ったような目で、辺りを見回している岩手県警の警官の姿もあった。付近に陣取った観衆はというと、そんな殺気立った状況を楽しんでいるかのように、押したり押されたりしながら、今か今かとその瞬間を待っていた。

スタジアムの出入り口の先はレンガ風のインターロッキングの道が一〇〇メートルほど続き、その先が黒光りするアスファルトの道となって一般道に繋がっていた。

その境目のところに先導役の白バイが二台止まっている。白いヘルメットに黒い革の制服と頑丈そうなブーツ姿で跨《また》がっているのは、岩手県警交通機動隊の二人の隊員だ。二人は与えられた任務の大きさゆえか、彫像《ちようぞう》のように固まったまま微動《びどう》だにしない。

さらにその前には地元テレビ局の小型移動中継車が、角張った車体と小さなアンテナを震わせながらスタンバイしていた。この大会の模様は地元の老舗テレビ局である『みちのく放送』がキー局となって、系列の全国二十八局ネットで実況生中継されることになっていたのだ。放送開始はマラソンスタートの一〇分前、午後〇時ちょうどからだった。小さな地方放送局にとっては、永遠に社史に深く刻《きざ》まれるであろう、開局以来の輝かしい瞬間が目前に迫っていた。

移動中継車の後部は上半分が横長のガラス張りで、後ろ向きに座ったアナウンサーがそこから目で見て実況をする。もっとも目視だけではない。狭い中継席には小さなモニターテレビが置いてあって、そこに映し出されるオン・エアー画面に合うように実況しなければならない。

「本番、五分前です」

「よし！　あ・え・い・う・え・お・あ・お、か・け・き・く・け・こ・か・こ」

実況席に重ねられた中継資料から顔を上げ、突然思い出したように発声練習を始めたのは、みちのく放送アナウンサーの桜井剛だった。細いフレームの銀縁眼鏡《めがね》が、精悍《せいかん》な顔立ちを一層引き締めて見せている。東京都杉並《すぎなみ》区出身で、入社十五年目の三十七歳。社内での肩書きは報道局アナウンス部係長。実力派スポーツアナウンサーとして東北の放送業界ではかなり知られた存在で、系列局から実況中継の助っ人《すけと》を依頼されることも多々あった。

「あれ、まさか桜井さん、緊張してんじゃないでしょうねぇ？」

中継席の横に陣取って指示を出すフロアディレクターの柳原拓実《やなぎはらたくみ》、通称ヤナちゃんが、肥満《ひまん》気味の体を小刻みに揺らしながら笑った。大きな頭にはめたインカムの金具部分が、悲鳴を上げそうなくらい伸びきっている。柳原はスポーツ番組専門のフリーのディレクターで、桜井とは付き合いが長い。もともとは下請けの制作会社の社員だったのだが、重労働の割には少なすぎる手取りに腹を立てフリーになった。そんな立場でも地方でメシが食えているのは、スポーツの知識と番組制作に関して卓越した能力を持っているからだった。ただし問題があるとすれば、豊富な知識の割には実技経験が圧倒的に足《た》りていない点である。今では慢性の運動不足状態で、体はゴムボールのように膨《ふく》れていた。歳は柳原の方が二つ下である。

「緊張して悪いかよ。なんといっても国際大会なんだからな。アー、アー、青は藍《あい》より出でて藍よりも青し」

「へぇーっ。まぁ、わかりますけど。でも、本番直前に発声練習するほどとはね」

「全国ネットだからな。気合の入り方も違ってくるさ。ヤナちゃんも少しは緊張しろよ」

「へへーい。あっ、すいませんね、先生」

「いえ、いえ。私だって、けっこう緊張してますから」

二人のやり取りを横目で笑いながら見ていたのは、解説席に座る宇都宮昭彦《うつのみやあきひこ》である。オリンピックの出場経験もある往年の名ランナーで、日本陸連強化委員会のコーチの一人だ。かつては母校である大学長距離界の名門、関東体育大学陸上部のコーチをしていたが、現在は直接の指導はしていない。ただ今回の大会には、マラソン初挑戦のため請《こ》われて指導した選手が出場していた。

「本番、三分前でーす」

柳原の甲高《かんだか》い声が角張った狭い空間に響き、桜井は再びモニター画面に目をやった。画面を睨《にら》みつけるように見つめると、瞬時に緊張の色が消えた。かわりにその全身から、気迫のようなものが静かにあふれ出し始めていた。

「おっ、桜井さん、やる気になってきた」

茶化《ちゃか》す柳原の相手はせずに、桜井は静かに目を閉じた。この大会の実況放送が決まってからのことがふいに思い出され、胸が一瞬熱くなったからだった。

大会の中継権を獲得した当初、東京のキー局である帝都《ていと》放送は、メインとサブの実況アナウンサーを三人派遣してこようとした。系列の親玉だから当然のことで、何よりアナウンサーの格を重んじたのだ。地方局のアナウンサーに全国ネットの国際大会の実況は重荷に思えたのだろう。この世界ではよくあることだった。

候補として名前を挙げられた三人のスポーツアナウンサーは桜井より若かったが、たしかにプロスポーツや国際大会の実況経験は桜井のそれをはるかに上回っていた。しかしそれも当然である。東京のアナウンサーと地方のアナウンサーとでは、プロスポーツや国際大会に接する機会が決定的に違いすぎるのだ。プロ野球ひとつとっても、東京ではシーズン中なら毎日実況のチャンスがある。それに引き換え地方では、年に一度あるかないかだ。他のプロスポーツにしても然《しか》り。

それでも桜井は彼らに負けているとは思わなかった。実況歴十五年。その十五年の間、東京キー局のアナウンサーにも負けないほど濃密な実況経験を積んできている。それがほとんどアマチュアスポーツというだけの話だ。野球・サッカー・ラグビー・アイスホッケー・スピードスケート・駅伝・ハーフマラソン・トライアスロン・柔道・剣道・ゴルフ・綱引き・それに北国特有のスポーツである雪合戦。さらにスポーツというよりもギャンブルの範疇《はんちゆう》になるのだろうが、地方競馬の実況も数多く経験している。場数は踏んできたつもりだったし、なにより実況職人としての強い意地とプライドを持っていた。

その心意気をよく知っている自社の制作部長は、制作本部長や編成局長らと話し合い、悩みに悩んだ末にキー局の申し出を丁重《ていちよう》に断った。

――ウチにも全国放送のメインを張れるだけのスポーツアナウンサーがいますので――と。

地方局にとっては前代未聞《ぜんだいみもん》の対応である。子会社が親会社の命令に対して、首を横に振ったようなものだ。だからそれを伝え聞いた時、桜井は涙が出るほど感激し、胸が震えるほど感謝した。そして思った。制作部長らにも地方局の意地とプライドがあったのだと。

地方局の取るに足らないはずの小さな抵抗に、誇り高き東京キー局は激しく揺れ動いた。だが、すったもんだの挙句《あげく》に、帝都放送は人員の補充という大人の対応をしてきた。

お手並み拝見という皮肉な意味も含まれているのだろう。

なにせマラソンはアナウンサーだけで放送できるものではない。中継スタッフだけで一〇〇人を超える人員が必要なのだ。スタート・フィニッシュの本部席に二台の中継車、さらにはサイドカーにヘリコプターからの空撮などもある。社員一三〇人の小さな地方局一局でまかないきれる仕事ではないのだ。だからこの大会にも、帝都放送と系列の仙台《せんだい》の青《あお》葉《ば》放送から応援スタッフが多数やってきていた。

そして結局アナウンサーに関して帝都放送は、スタジアムでのスタートとフィニッシュを担当する三十一歳の男性アナウンサー一名と、サイドネタ兼折り返し地点担当のレポーターとして、今売り出し中の若手美人女性アナウンサーを一名派遣することで合意してきた。一方こちらはメイン実況の桜井が第一中継車担当で、第二中継車には後輩の吉村幹生《よしむらみきお》が乗り込み、さらにスタジアム周辺と途中の観光地紹介などのサイドネタ担当に若手の男女アナ各一名を配置するという布陣である。ちなみに第二中継車の吉村は二十九歳。入社以来、桜井が手取り足取りスポーツ実況の技術を叩き込んできた信頼できる後輩だ。

しかしキー局の思惑《おもわく》など、桜井にはどうでもよかった。桜井の思いは一つ。自分を信じてくれている人たちの思いに応えることだった。応えられなければ自分は男じゃない、とまで思った。そしてその日から一人で、日々の多忙な業務の合間に黙々とマラソン中継の準備を始めた。もちろん後輩の吉村を指導しながらだ。

準備期間は幸いなことに二年もあった。ならばと桜井は、この二年間自分をとことん追い込んでみようと思った。国際マラソンの実況は、自分がこの先スポーツアナウンサーを続けていく上で、どうしても乗り越えていかなければならない高い壁だと強く意識したのである。アナウンサー生命を賭《か》けたと言っても過言ではない。

休日もたびたび返上して、自分専用の実況資料作りに励んだ。もちろんテレビで放送されるマラソン中継はすべて録画し、何度も何度も繰り返し見た。一通り見た後はボリュームを絞って音声を消し、画面を見ながら二時間以上も部屋で実況練習を積み重ねた。そして自分ならこういう風に実況するという形を作り上げてきた。特にこの一年間は休日を利用し、全国各地で行われるマラソン大会に自腹を切って足を運んだ。生で有力選手の走りに触れ、大会の雰囲気《ふんいき》を直《じか》に肌で感じたかったからだ。系列局の知り合いのアナウンサーに無理やり頼み込んで、狭い移動中継車の片隅に乗せてもらったこともあった。

自分の中での準備はすべて整っていた。すでに一ヶ月前から早く実況がしたくてウズウズしていたほどだ。本番が待ち遠しくて仕方がなかった。その日を指折り数え、ついに、ついにこの日を迎えたのだ。

本来ならば無心であってしかるべきだろう。人事を尽くして天命を待つといった心境に達しているはずであった。

ところが、実際はそうでもなかったのだ。桜井の心の片隅には、隠しようもない新たな欲が鎮座《ちんざ》して動かなくなっていたからだ。

切っ掛けは約一ヶ月前にかかって来た一本の電話だった。桜井が属する系列とは他系列の東京キー局の人事担当者からの電話で、用件は単刀直入に中途採用の話だった。いわゆるヘッドハンティングである。スポーツ実況経験の豊富な即戦力の中堅アナウンサーを二名補充したいというのだ。その候補の一人に名前が上がっているという。採用されればメインの仕事はプロ野球中継で、もちろん実力次第でオリンピックなど世界大会レベルの仕事も担当することになるという。そのため面接も兼ねて、一度上京しませんかという誘いだった。

当然、桜井の心は激しく揺れ動いた。プロスポーツの実況はスポーツアナウンサーにとって、やはり花形《はながた》の仕事である。憧れと言ってもいい。それに元々自分は首都圏の出身だ。さらに嘱託《しょくたく》や契約アナといった不安定な立場での勧誘ではない。正社員としての身分も保証されているのだ。年収だって大幅にアップする。桜井にとっては、まさに夢のような話だった。

だが、すんなり飛びついたわけではない。桜井にはまだ返していない恩や義理、なにより地方局としての意地とプライドがある。それにまだ妻にも相談していない。過去のことを思い出すと、どうしても慎重になってしまうからだった。

実は桜井にはかつて一度、ヘッドハンティングの話を断ってしまった経験があった。もちろん話を持ちかけられた時には喜んだし、正直浮かれもした。だが、さまざまな事情があったとはいえ、その時に心底辛い思いを経験させられていた。いや、ヘッドハンティングの話が直接の原因ではなかったのだが、どうしてもこじつけて考えてしまうのだ。ちょっとしたトラウマのようなものである。そのためかヘッドハンティングに限らず、仕事上うまい話が飛び込んできた時ほど慎重になってしまう癖《くせ》がついてしまっていた。自分にとっていい話が来た時は、その分周囲の誰かを不幸にするかもしれないと。だからこの大会の実況が決まった時も、周りには細心の注意を払った。もう、誰も傷つけたくはなかったからだ。そして自分に強く言い聞かせた。決して浮かれてはいけないと。ネガティブな思い込みに過ぎないのかもしれないのだが。

結局、東京キー局の人事担当者には、しばらく返事を待ってくれるように頼んだ。今抱えている大きな仕事、つまりは盛岡で初めて開催される国際マラソン大会の中継を終えてから返事をしたいと伝えたのだ。物腰の柔らかな人事担当者は了解し、アナウンス責任者と共に中継を拝見すると答えてきた。お誂《あつら》え向きの実況能力のテストになると判断したのだろう。これでは当然平常心ではいられなくなる。

桜井は大きく深呼吸した。家族の顔が浮かんでくる。妻の好江《よしえ》と二人の息子たちの笑顔。上の息子は六歳の幼稚園児で、下はまだ二歳だ。ここ二年近くというもの、仕事に精を出すあまり、家族のことがなおざりになっていることは否定できない。それは自分でも当然わかっている。それでも妻は何も言わなかった。夫が抱えている仕事の大きさを、妻は妻なりに理解してくれていたのだろう。かわいい盛りの息子たちだというのに、幼稚園行事や地区行事もすべて妻任せだった。すまないという思いはあったが、口には出さずにずっと心にしまい込んできている。

しかし、それも今日までだ。このレースを完璧に実況しさえすれば、とりあえず自分は人に戻れる。一旦は良き夫であり、良き父になろう。先のことは、それから考えればいい。ヘッドハンティングの話を相談するより先に、まずは妻に日頃の感謝の気持ちをしっかりと伝えねばならない。そうだ、今日は結婚記念日なのだ。何も言わずに家を出てきたが、もちろん覚えている。仕事のことで精一杯で忘れていると妻は思っているだろうが、そんなことはない。仕事が終わったらケーキでも買って帰ろう。次の日曜日は家族でデパートへでも行こう。

土壇場《どたんば》のこんな時間になって、なぜか桜井はぼんやりとそんなことを考えだしてしまっていた。そのことに気付き、桜井は慌てて自らの頭を拳《こぶし》で軽く叩いた。これではアナウンサー生命を賭けたどころの話ではない。マラソンはこれから始まるのだ。余計なことを考えている余裕はない。

「本番、一分前でぇーす。よろしくお願いしまぁーす！」

柳原の声がかすれた。やはり少しは緊張しているようだった。

「よーし、やるぞ。では、よろしくお願いしまーす」

桜井はしっかりと目を開けスタッフに声をかけると、両の拳を強く握り締めた。我ながら鼻息が荒かった。なんだかゲートが開く前の競走馬になったように思えてきて苦笑いした。一呼吸置いて、桜井は目の前のヘッドセット型の実況マイクをゆっくりと頭にはめた。

スタート②

スタジアム内に三棟設営されたテントの中の一つでは、実行委員会の主だったメンバーらが、来賓《らいひん》の相手に追われていた。県知事に市長、さらには地元選出の国会議員や協賛スポンサーの役員らだ。一通り挨拶《あいさつ》を済ませた後、応対を部下らに任せた世良はテントから抜け出した。賑やかな挨拶が交わされるテントからは少し離れた場所に立ち、満員の観衆を感慨深げに見上げる。

「やっと、この日が来た……」

心からの呟きだった。この日に自分のサラリーマン人生がかかっていた。東京の華《はな》やかで洗練されたオフィスから一転、老朽化したビルの一室に陣取り、センスの悪いウィンドブレーカーを着て、行商人のように頭をペコペコ下げて過ごしてきた。それもこれも、すべてこの日のためだった。

見渡せば、どこも人人人……。世良は誇らしかった。この超満員の観衆と熱気は、自分たちの手柄なのだと自惚《うぬぼ》れても、今日くらいは罰は当たるまいとさえ思ってしまう。

「世良君」

いきなり名前を呼ばれて振り返ると、すぐ後ろに社長の楢山《ならやま》がいた。大会役員用の真っ赤なブレザーを身にまとい、少し迫《せ》り出した腹に白い帽子を当てて微笑《ほほえ》んでいる。

「社長」

昨夜、盛岡市内のホテルで行われたレセプションの前に挨拶と報告は済ませていたが、それでも突然名前を呼ばれると飛び上がりそうになる。なにせ会社の中では約五五〇〇名の従業員の頂点に立つ雲上人《うんじょうびと》なのだ。なかなか社内でその姿を見ることすらできず、ましてや名前を覚えてもらっている社員などわずかしかいない。その一人になれたという感激が、世良の体内を瞬間的に駆け巡った。世良は直立不動の姿勢をとった。

「素晴らしい光景だ。これほどの見事な大会になるとはなぁ。何もないところから、よく立ち上げた。私も鼻が高い。いや、私のことなどどうでも良い。礼を言うよ、ありがとう」

「もったいないお言葉。胸に染み入ります」

世良は感激のあまり、一瞬泣きそうになった。だが、まだそんな感情に浸《ひた》っている場合ではないとすぐに気付き、敢《あ》えて言葉を続けた。

「しかし社長。お言葉ですが、大会はまだ終わっておりません。この大会を何事もなく終了させ、さらには残務整理をし、地元スタッフに受け渡すまでが私共ミズオー社員の仕事であります。すべて終えてから、部下共々お褒《ほ》めの言葉をいただきたく存じます」

「ほ、ほう」

楢山は腹を揺すった。

「たしかに君の言う通りだ。うむ。しっかり頼むぞ、世良君」

「はい」

世良は力強く頷いた。テントに戻っていく楢山の後姿に低頭しつつ、世良は拳を握り締めた。

「もう一踏ん張りだ」

呟きながら頭を上げる。上空は青一色に覆われていた。

スタート③

真っ赤なブレザーを身に着け白い帽子をかぶった競技委員が、スタート台にゆったりとした足取りで近づいて行く。その手がスターターピストルを握っているのを認めた満員の観客が歓声を上げた。二八〇〇〇人近い人々の声がウェーブのようにスタジアムに広がって行く。やがてスタジアムがひとつの意思を持った生命体のように蠢《うごめ》きだした。

テレビからはスタジアムでのスタートとゴールを担当することになっている、帝都放送のアナウンサー田沼鉄平《たぬまてっぺい》の甲高《かんだか》い声が流れている。すでに冒頭の挨拶を済ませ、スタジアムに陣取った二人の地元局アナウンサーから会場の盛り上がりぶりを伝えてもらっている。一呼吸ついた頃合だが、まだ若いせいか気負《きお》いの感じられるトーンだった。

「さぁ、記念すべき第一回盛岡国際マラソン大会。スタートまで一分を切りました。スタートラインに並んだ選手らが、隣の選手を肘《ひじ》で牽制《けんせい》しあっています。すでにレースは始まっているかのようです。優勝候補の筆頭、おなじみの中澤敏行《なかざわとしゆき》選手の姿が最前列に見えます。現日本記録保持者。ナンバーカード21番がひときわ光っています。ベストタイムは二時間六分一六秒と、参加選手中トップ。それを追うのが四人の外国人選手。そのうち三人のベストタイムは二時間七分台。さらに一発を狙う有力選手もひしめいています。現在の気温は一一度四分。湿度は七〇％と高め。先ほどまで吹いていた岩手山おろしの北風も、今はおさまっています。さぁ、歴史的瞬間。マラソン・バージン・ロードの盛岡の道に、最初の伝説を刻むのは誰だぁ！」

スタート台に立った競技委員が何事か叫び、双発タイプの黒いスターターピストルを持った右手を高々と上げた。その姿が南側スタンドに設置された八五〇インチの大型映像装置の画面に映し出される。観客はそれを目で捉え、さらに目の前の生の光景に視線を移す。視界に挟まる青空、芝生《しばふ》、アン・ツー・カー。

巨大な掃除機に吸い込まれたかのようにざわめきが消え、スタジアムに一瞬の静寂《せいじゃく》が訪れる。スタートラインに並んだ選手らの息遣《いきづか》いや鼓動《こどう》さえ聞こえてくるようだった。観衆の熱い視線が唯一《ただひと》つ、黒いスターターピストルに集中する。

「パーン」

乾いた音が青い空に真っ直ぐ吸い込まれていく。その瞬間、再び世界が動き出した。どよめき、歓声、地鳴り、嬌声《きょうせい》。

「今、一斉にスタートしました。まずはトラブルもなく順調なスタートです。選手らはこのトラックを一周と四分の三、約七〇〇メートル走り、西側ゲートから初冬の盛岡路に飛び出して行きます。国内外の有力選手七四名が参加しての、第一回盛岡国際マラソン大会。主催者側は将来的に市民ランナーにも門戸を広げたい考えですが、なにはともあれ初めての開催ですので、今回は参加資格に二時間二七分という標準記録を設けました。これは福岡国際マラソンの、いわゆるAグループの標準記録と同じです。福岡の場合ですと二時間四五分を切る記録を持っていれば、Bグループとしての参加が許されています。それに比べますと、初めての開催とはいえ、なんともハードルの高い大会となりました。この二時間二七分という標準記録を突破したことのある選手と、日本陸上競技連盟が特別に推《すい》薦《せん》した選手のみの参加となっています。したがって国内外のまさしく一線級の選手のみ、七四名がこの盛岡の地に集まりました。ハイレベルなレースが期待できそうです。さぁ、約二時間後に私たちが見る笑顔は、いったい誰の笑顔なのでしょうか。記録共々楽しみです」

スタート④

時を同じくしてスタジアムの外。木立に覆われ、人気《ひとけ》も無く閉ざされた南側ゲート付近。地面にチョークで書かれた頼りなげな白く細いスタートラインから、乾いた音と共に一人の男が勢いよく走り出していた。

その姿を見届けたのは、ビーグル犬の散歩で偶然通りかかった小太りの初老の男性一人だけだった。目の前でいきなり人が走り出したのに驚いたのか、ビーグル犬は飼い主の持つ細いリードを目一杯引っ張り、可愛《かわい》らしい姿に似合わぬ太い低音で吠え立てる。初老の男性は足を踏ん張り、何事かと目を丸くさせたまま、男の背中を呆然《ぼうぜん》と見送った。

男は白いランニングシャツに黄色いランニングパンツ姿。白地に水色のラインの入ったランニングシューズを履《は》いている。顔面には細長い長方形を二つつなげた、ゴーグルのような黒いレース用サングラス。大会参加者とほとんど変わらぬいでたちである。ほんの少し違うのは、ペットボトルを入れたボトルホルダーを腰に巻いているのと、胸につけたナンバーカード。男の胸のナンバーカードに数字は書かれていなかった。ただ真っ白いままだった。

男はスタジアムの外壁に沿った道を、西側ゲートに向かって、やや俯《うつむ》きかげんで走って行く。スタジアムの中から湧き上がるどよめきも歓声も地鳴りも、もちろん嬌声とも一切無縁の静かなスタートだった。

五キロ地点・中継車

大きく長い集団が、太い流れとなって続いて行く。一六人で形成された先頭集団は諸葛《もろくず》川《がわ》を越え、東北自動車道の頑強なガードをくぐり抜けた。

テレビの画面ではCGを使ったコース紹介が行われている。実況はスタジアムを出たところから移動中継車に乗る桜井にバトンタッチされていた。

「選手らはすでに盛岡市を抜け、隣接する滝沢《たきざわ》市を走っています。先頭集団を形成しているのは一六人。有力選手らは皆、この集団の中にいます。世界選手権の銀メダリストで、オリンピックは五位、日本期待の現日本記録保持者である東海《とうかい》電力の中澤敏行は、集団の真ん中からやや前の方。四番手か五番手あたりをキープ。白いランニングシャツにブルーのランニングパンツ姿です。そして現在先頭を行くのは、脇のところに白いラインの入った紺色のランニングシャツ姿。ナンバーカード2番、ケニアのマイケル・ムトゥリ。一六八センチ、五〇キロ。細く長い足を目いっぱい伸ばし、右手を回すようにして走るフォームは、マラソンファンにはすっかりおなじみです。世界選手権の銅メダリスト。自己最高は二時間七分五秒。二年前のロッテルダムで出した記録です。その隣にはナンバーカード1番、韓国のベテラン、三十四歳のパク・ワンキ。韓国では鉄人と呼ばれる英雄で、アジア選手権の銀メダリストです。今日もトレードマークの白鉢巻《しろはちまき》を締めています。ゴツゴツとした力強いフォーム。左足の脹脛《ふくらはぎ》に肌色のテーピングをしていますが、これは一ヶ月前の練習中に痛めたため。今はほぼ完治しているそうですが、念のためのテーピングということです。本人は心配いらないと、記者会見で語っていました。その言葉通りの力強い走り。一昨年の東京国際マラソンで記録した二時間七分一九秒が自己最高記録。そしてその後ろにひときわ長身の選手が見えます。上下とも白のユニフォームで、三角形を二つくっつけたような黒いサングラスをかけています。ナンバーカード3番。一八五センチと、マラソン選手としては大柄なアメリカのポール・パットン、二十九歳。一昨年のニューヨークマラソンで出した二時間七分五八秒がベストタイム。ここまでご紹介した三選手が二時間七分台の記録保持者。それに続く記録を持つのが現在六番手。ナンバーカード4番、燃えるように真っ赤なランニングシャツの伊達男《だておとこ》。スペインのフリオ・セルバンテス、三十一歳。寒さ対策でしょうか、白いアームウォーマーを両腕にはめています。こういった有力選手を上回る二時間六分一六秒の日本記録を持つ中澤敏行は、長身のポール・パットンの陰《かげ》に隠れるようにして走っています。ちなみに海外からの招待選手は一桁《ひとけた》のナンバーカードで、1番から5番までの選手。そして国内招待選手は二十番台。21番の中澤を筆頭に22、23、24、25のナンバーカードをつけた五人の選手です。さぁ、注目の中澤ですが、画面ではなかなか見えにくい位置です。おっ、映りました。これは選手の横を走っているサイドカーからの映像ですが、ご覧のようにパットンの真後ろ。まるで長身のパットンを風除《かぜよ》けにしているようにも見えますが。解説の宇都宮さん、この位置取りはどうですか」

「そうですねぇ、悪くないと思いますよ。序盤は腹の探りあいですから、冷静に様子見しているところでしょう。特に先頭グループにいる五人は経験も豊富ですしね」

「なるほど。三十一歳の中澤は、今回が十九回目のマラソン。一番経験が豊富なのは三十四歳になった韓国のパク。実に三十四回目のマラソンとなります。やはり優勝候補となると、この五人に絞られてきますかね」

「そうでしょうね。自己記録からいっても、大会前の調子からいっても、やはりこの五人の争いになるでしょうね」

「最初の一キロは三分一〇秒で入りましたが、このタイムは」

「思ったよりも遅いですけど、仕方がない面もありますね。選手にとっては向かい風が吹いてますし、勢いも強すぎますね」

「たしかに、現在は西北西の風六メートルです。と、なりますと、記録的にはどうでしょう」

「うーん。このコースは平坦そうに見えていて、けっこうアップダウンがありますし、特に折り返し地点にかかる上り坂がきついですからね。それにこの大会はペースメーカーも使っていませんし。なにより気になるのは、やはりこの風の影響です。今はすこし西風ですかね、強くなってきていますし、風の動きも目まぐるしく変わってますので、正直記録はあまり期待できないと思いますよ」

「そうなると、あくまで勝つためのレース運びに注目ですか」

「そうですね。まぁ日本人選手にとってこのレースは、来年のアジア大会の代表選考会を兼ねているわけですけど、中澤君は頭一つ飛び抜けていますからね。中澤君に続く選手が出てくるかどうか。見所としては、やはり中澤君を含む先頭の選手らの争い。特に上位の五人は記録よりも今日は勝ち負けにこだわっていると思いますよ。いずれは世界選手権でライバルとなるわけですし。その相手をいつ出し抜くか。どう出し抜くか。これからのことを考えて、勝っておくというのも大事なんです。そのための心理戦といいますか、駆け引きが見ものですね」

「なるほど」

「特に顔ぶれを見ますと、前半は抑《おさ》えて後半勝負というパターンの選手が多いですから」

「テレビをご覧の皆様は、その辺に注目ですね。さぁ、滝沢ニュータウンを過ぎ、選手らは大きく左にカーブします。ここからは、しばらく田圃《たんぼ》の中の一本道となります。実りの秋が過ぎ、初冬を迎えたみちのく路。道の両側には刈り取られた田圃が広がっています。乾《ほ》されていた稲《いね》もはずされ、杭《くい》のみとなったハセが風を受けて寂《さび》しげに立ち尽くしています。さぁ、右手に大きな松の木が見えてきました。両手を天に向かって広げているような見事な枝振りの松で、名勝『滝沢の一本松』と呼ばれています。あそこが五キロの計測地点。五キロの通過タイムに注目しましょう」

五キロ地点・中澤敏行

四番手を走る中澤敏行は、いつものようにレースに集中しようとしていた。だが、どういうわけか、なかなかうまく集中しきれずにいる。ここまでこの位置をキープして走ってこられたのは、長年培《つちか》った肉体が勝手に反応してくれているからに違いなかった。一六六センチ、五二キロの小柄な体格ながら、その強靭《きょうじん》なスタミナには誰もが舌を巻いた。頬はこけ、痩せているように見えて、実は全身無駄のない筋肉の塊《かたまり》である。スポーツ刈りをそのまま伸ばしたハリネズミのような髪型。三十一歳となった今は、名実共に日本のトップランナーである。

中澤はスタートしてからここまでの一五分近くというもの、ずっと漠然《ばくぜん》とした、何か訳のわからない重苦しい感情のようなものを、ズルズルと引きずりながら走っていた。こんなことは絶《た》えてなかったことだった。

ある男のことが心に引っかかっているせいだとはわかっている。その証拠に、時折その男の姿がぼんやりと視界の中に浮かんでくるのだ。幻《まぼろし》だとわかっていながらも、その姿をはっきり捉えたくなる。そのたびに、前を行くパットンの長い足が膝《ひざ》をかすめひやりとした気分にさせられた。

――ふっ、パットンの奴、さりげなく引っ掛けようとしているな。風除けにしているのが、そんなに気に入らないのか。たしかボストンでも、それでエチオピアの選手を転倒させたはずだ。ビデオでしっかりチェックしているよ。騒ぎにはならなかったが、あれは意図的としか思えない。だけど僕は、引っ掛からないぞ。それに前に出るつもりになれば、いつだって行けるんだからな。ん、なんだよ、僕を風除《よ》けにしている奴もいるな。こいつはたしか関東体育大学の東山《ひがしやま》とかいう学生だ。さっき沿道の店舗《てんぽ》のガラスに映った姿で確認済みだ。初マラソンって聞いているが、若いだけあって威勢がいいね。さて、どこまで持つか。ちょっとかまってみるか。

おっと、いけない……何を考えてるんだ。熱くなるのは、まだまだ先だ。三二キロを過ぎてからって、監督に言われていた。

あぁ、だめだ。このままではいけない。まだレースは始まったばかりなんだから、もっと集中しなきゃ。それにしてもどうしたんだ、僕ともあろうものが――

中澤はパットンからさらに五〇センチばかり後ろに下がった。それに合わせて東山も下がる。中澤は走りながら首を左右に傾げ、肩を上下に揺さぶる。その一連の動きの中で、懸命に自分に落ち着けと言い聞かせていた。それなのにどうしても、あの男のことを思ってしまう。

かつてのライバル。言葉を交わしたことは少ないが、おそらく自分という人間を一番理解してくれていたであろう男。孤独《こどく》なランナーにとって、同じ時間を競《きそ》いながら共有した相手の存在は特別だった。自分では勝手に友人のような存在だとさえ思っていた。その男の墓参りに、昨日行ってきたばかりだったのだ。

そもそも中澤がこのマラソン大会に出場することにしたのは、その男の故郷が盛岡だったからだ。もちろん大会スポンサーであり、個人的に用具の提供を受けているミズオーからの働きかけは無視できない。初めての大会に花を添えて欲しいと、半ば強引に頼まれたのは事実だった。しかしそれで出場を決定したわけではない。一番の理由は、あいつの走っていた街を見てみたいと思ったからだ。そうでなければこの時期に、こんな北国の初めての大会に出たりはしない。中澤クラスの選手になれば、年間に出場するフルマラソンは国内外合わせてもせいぜい二つ。むしろこの時期ならば一ヶ月近く先に、記録が出しやすく、もっと成績が高く評価される福岡国際マラソンがあるのだ。だが、中澤は福岡を選ばずに盛岡を選んだ。

――あいつと初めて戦ったのは、高校二年のインターハイだった……。

一万メートルで僕は見事に優勝し、あいつは三位だった。だけど高校チャンピオンだった三年生を破った感激の方が強くて、あいつのことなんて大して印象に残ってはいない。いつの間にか三位に入っていた奴って程度だ。中学時代から長距離で注目されていた僕と比べ、あいつは高校に入ってから長距離を始めた口だった。その頃スポーツ新聞が付けた僕のキャッチフレーズは『信州《しんしゅう》の天才ランナー』で、あいつは『みちのくの韋駄天《いだてん》』だった。同じ学年とあって、マスコミはライバル同士として煽《あお》ったのだろう。だが、翌年のインターハイでも勝ったのは僕だった。

僕は高校新記録で、あいつは八秒遅れの二位。それなのにあいつは満面の笑みを浮かべ、表彰台の一段低い場所からうれしそうに握手を求めてきた。何か言葉を交わしたような気もするが、覚えてはいない。

国体も僕が勝った。圧勝だった。

さらには冬の都大路《みやこおおじ》を駆け抜ける全国高校駅伝の花の一区。各校エース級が顔を合わせるその区間での直接対決でも、僕は区間新記録で駆け抜け、あいつは六秒遅れの二位でタスキを渡したはずだ。

負けたくせにあの時もあいつは満足げに笑っていて、僕の姿を見つけるなり人込みをかき分けて握手を求めてきた。岩手弁なのか独特のイントネーションで『やっぱし中澤君は凄《すげ》ぇなぁ。なんぼ練習しても追いつかねぇじゃ』って、四角い坊主頭を指でかきながら口をアハハとさせていた。その姿が次第に哀れに思えてきて、結局あいつはここまでの選手でしかないのだと同情したほどだった。いくら頑張っても、僕がいる限り永遠に万年二位の運命なんだって。

しかし次に顔を合わせた時、あいつは見違えるように成長していた。あれは大学一年生の冬の箱根《はこね》駅伝だ。

一年生でいきなり花の二区起用とまではいかなかったが、上級生を尻目《しりめ》に、僕が任された区間は復路の九区。戸塚《とつか》から鶴見《つるみ》までの、花の二区を逆走する二三・二キロで、各大学ともエース級を揃《そろ》えてくる重要な区間だった。

往路で駒ヶ嶺《こまがみね》大学に続いて僅差の二位だった我が神聖堂《しんせいどう》大学は、なんとしても復路で差をつけ優勝するしかなかった。連覇がかかっていたからだ。神聖堂大学のランナーは僕。そして往路で八位につけ、久しぶりの上位入賞を狙う関東体育大学のランナーがあいつだった。あいつが関東体育大学に進学したのは知っていたが、夏から秋のシーズンに競技場で姿を見かけることがなかったから、おおかた大学長距離界のレベルを肌で知り戸惑《とまど》っているのだろうと推測していた。誰しもが通る道らしい。もっとも僕には関係なかったが。

その日の僕は、体力も気力も絶好調そのものだった。戸塚中継所でヨレヨレになってやってきた三年生の先輩から四位でタスキを渡された僕は、軽快な走りで次々と前を行く選手を抜き、トップを走る駒ヶ嶺大学の四年生を一四キロ付近で抜き去ると、後は風のごとく走り抜けて上級生にタスキをつないだ。自分でも満足のいく走りだった。

しかし八位でタスキを受けたあいつはというと、六人抜いて一気に二位に浮上。記録を見れば、あいつは区間新記録の一位。僕も区間新記録を出したものの、あいつに更新され、順位的にも屈辱《くつじょく》の区間二位だった。

神聖堂大学自体は、そのまま復路優勝。総合成績で見事連覇を果たしはしたのだが、納得できなかった僕は胴上げの輪にも加わらず、ただ唇を噛み締めて屈辱に耐えていた。

初めてあいつに負けたのだ。こともあろうに見下していたあいつにだ。何年ぶりかで心底悔しい思いというものを、忘れていた痛みと共に感じていた。本当に悔しかった。あいつに負けた自分が許せなかった。そしてそれからだ、僕が変わったのは。

あいつに負けたくない。その一心で、嫌いだった練習もサボらずに励んだ。コーチの進言にも素直に耳を傾けるようになった。それまで誰の話もろくすっぽ聞かずに走っていた僕がだ。それほど精神的に参ってしまっていたのだ。そして同時に、あいつの存在を強烈に意識しだした。

切っ掛けとは恐ろしいものだ。なんでもなさそうに見える小さな敗北が自分にとってのつまずきとなり、相手にとっては大きな踏み台になることがある。気付くとあいつはいつの間にか、大学長距離界で僕の前を走るようになっていた。僕にとっては耐え難《がた》い屈辱の日々が続いた。

大学二年生になっての箱根駅伝では、チームの戦略もあって直接対決は叶《かな》わなかったが、僕は与えられた区間で全力を出し切り、今後十年は破られないであろうと皆が賞賛したほどの驚異的な区間新記録を叩き出した。そしてあいつも前年走った九区の区間新記録をさらに更新した。

しかし、僕はもう焦ってはいなかった。大学三年時の箱根駅伝に勝負の照準を合わせていたからだ。箱根駅伝のハイライト、各校エースがしのぎを削《けず》る花の二区、鶴見から戸塚の二三・二キロでの直接対決だ。両校の一区を走る予定のランナーの力量を比べれば、ほとんど差はつかないとみていた。したがって二区でタスキを受け取るのは両校ほとんど同時であろう。そこからがあいつとの勝負だ。二〇キロ地点の横浜新道との合流点から戸塚中継所までの三キロにおよぶ長い上り坂で、僕にはあいつを振り切るイメージが完璧に出来上がっていた。想定タイムは一時間六分四五秒。もちろん区間新記録だ。

だが、あいつはその年の箱根駅伝に姿を見せなかった……。

そして、その後二度と共に走ることはなかった。これからもその時が訪れることは決してない。あいつは、二十一歳の若さでこの世を去ってしまったのだ――

パットンのランニングシューズの底が膝をかすり、中澤はハッとして我に返った。
――危ない。また近付きすぎていたか。しかし、レース中に変なことばかり思い出す。
集中しろ、集中――

五キロ地点・東山一彦《かずひこ》

――行ける。この調子なら行けるぞ。中澤さんは、いつもの調子じゃない。この人の走りは、もう何度も映像で確認しているんだ。今日は体調が悪いのか、どこか重そうに見える。へへっ、チャンスだ。俺は中澤さんに勝つ。今日、勝つんだ。そのために苦しい思いをして走りこんできたんだからな。いつまでもこの人の後ろを走るつもりはない。トラックにしろロードにしろ、今まですべてこの人の記録と比べられてきた。主だった駅伝のエース区間で区間賞を取っても、決して区間新記録にならないのはこの人のせいだ。すべてこの人が記録を持っているからな。あの箱根の花の二区だって、ずっとこの人の名前が刻まれたままだ。ならばその記録を抜けと監督は言う。へっ、それが出来てたら世話はないさ。やっぱり中澤さんはスゴイ。だけど、もうウンザリなんだ。俺は今、上り調子。それに比べ中澤さんは、もう三十を過ぎたオッサンだぜ。そんなオッサンに頼りきりの日本陸上界なんて情けない。これからは俺に頼れ。俺が日本を背負ってやる。へへっ、初マラソンで中澤さんに勝てば、かなりの衝撃が走るな。明日のスポーツ新聞の一面は決まりだぜ。そう、世代交代ってな――

東山はニヤけそうになる頰を引き締め、青いランニングシャツの胸を張った。中澤より一回り大きな体が、さらに大きく見えた。

五キロ地点通過・中継車

「先頭集団が、今、五キロを通過しました。トップはケニアのマイケル・ムトゥリ。手元の時計で入りの五キロは一五分四四秒です。ほぼ一秒遅れて、韓国のパク・ワンキとアメリカのポール・パットン。そして日本期待の中澤敏行とスペインのフリオ・セルバンテスが続いています。解説の宇都宮さん、このタイムをどう見ますか。最近のレースにしては、少し遅いような気もするんですが」

「うーむ、風の影響でしょうね。選手はほとんど向かい風で走ってますから、このぐらいでしょう。けっして悪いタイムではありませんよ」

「そうですか。たしかに風の影響はあるでしょうねぇ。こうしている間にも、風がゴーゴーと鳴る音が、ノイズマイクにけっこう入ってきてますからね。ご覧のように沿道の落葉も時折舞い上がるほどですし、選手を応援する幟《のぼり》も、当たると痛いぐらいにバタバタと勢いよくはためいています。そうなりますと、しばらくはこのペースで行くんでしょうか」

「いや、これから上がってくるでしょう。選手らの体も暖まってきたでしょうし、風もまたおさまってくるでしょうしね。なによりトップクラスの選手だと、スプリットタイムの遅さを実感してるでしょうから」

「ということは、早々と誰かが仕掛けてくると」

「ええ。韓国のパクなんかは悪条件に強い選手ですし、今もかなり神経質になってますよ」

「たしかに宇都宮さんのご指摘《してき》のとおり、パクがチラチラと周りを見て様子をうかがってますね。これは飛び出すチャンスを見ているところでしょうか」

「第一中継車の桜井さん」

切りの良いところで田沼の潑剌《はつらつ》とした呼び掛けが片耳に届いた。この呼び掛けるタイミングが、実は難しい。実況のリズムを崩さぬよう、そして話の腰を折らぬよう、その流れの中に飛び込んで行かなければならないのだ。その点、さすがは場数を踏んでいる東京キー局のスポーツアナだけのことはあった。

「はい、本部の田沼さんですね。どうぞ」

「五キロの正式タイムが入りました。トップはケニアのマイケル・ムトゥリで一五分四五秒。続いて韓国のパクとアメリカのパットンが一五分四六秒。中澤はスペインのセルバンテスと並んで一五分四七秒です。さらに一秒遅れで関東体育大学の東山。初マラソンの東山も懸命に先頭集団に食らいついています。そしてそこから二秒遅れで招待選手のＪＰ食品の野間口《のまぐち》という状況です」

「はい、本部からの情報は帝都放送の田沼アナウンサーでした。宇都宮さん、初マラソンの教え子が健闘していますよ」

「いやぁ、教え子とまではいきませんよ。監督に頼まれて、臨時コーチを務《つと》めただけですからね。まぁ、遅いペースが幸いしてるんでしょう。どこまで頑張れるか。気持ちの勝負ですね」

「おーっと、厳しい言葉ですね。とはいえ送り出した側としては、それなりの確信があって出場させたのだと思いますが」

「うーん、そうですね。とにかく気持ちの強い子でね。走ると言って聞かなかった。まぁ、出ると決まってからはかなり走りこんできていますし、調子自体は悪くないですよ。

元々マラソン志向の強い子ですから、中澤君と一緒に走ることで学ぶモノも多いと思います」

「なるほど。おなじみの箱根駅伝でも活躍した初マラソンの東山一彦。大学長距離界ではトップクラスの選手ですが、今回はハーフマラソンでの記録が日本陸連に認められて、推薦枠で出場しております。さぁ、選手らは五・五キロの給水ポイントに差し掛かりました。ご覧のように沿道にはテーブルが並んでいます。その一つ一つに、番号のついた丸い看板が掲《かか》げられています。数字は一から順に〇までありまして、ナンバーカードの末尾番号のところに自分のボトルが置いてあります。先頭を行くマイケル・ムトゥリが2番のテーブルから白いボトルを取りました。各選手とも、うまくボトルをつかんだようです。宇都宮さん、この給水も一つのポイントですよね」

「そうです。選手同士が接触する場合もありますし、給水に失敗してペースを乱す場合もありますからね。また、何を体内に取り入れるのか。給水のドラマと呼ぶ指導者もいますからね」

「なんと給水のドラマですかぁ」

「最近は体脂肪をエネルギーに変えるアミノ酸飲料が増えているようですが、中には真水でオーケーという選手もいますしね。これがけっこう、おもしろいんですよ」

「なるほど」

「まだこの程度の距離だと、さほどのことはありませんが、それでも後々響いてきたりしますしね」

「そういえば、宇都宮さんも現役時代に、その給水のドラマを経験してるんですよね」

「ええ、真夏の大会で、途中の給水に失敗しましてね。たしか三五キロ地点でした。手が痺《しび》れて、指が握れないような状態になりましてね。それでもなんとか次の給水ポイントで、両手でつかんで給水したんです。飲んだ瞬間、スーッと冷たい感覚が、皮膚《ひふ》の下を全身に向かって流れていく感触がしましてね。生き返るとは、まさにあのことです。おかげで表彰台になんとか立てましたからね」

「いやぁ、まさしくドラマですねぇ。この後の給水ポイントも注目しましょう。さぁ、その大事な給水を済ませた選手らは、これから初めての上り坂に向かいます。下を秋田新幹線こまちが通って行く四〇〇メートルほどの陸橋です。宇都宮さん、坂道の走り方ですが、コツはどんなところにあるんですか」

「コツですか……そうですね。一般論として上りはあまり強く踏ん張らずに、足を置いていくような感じで走ること。これで筋肉への負担が減ります。下りは少し前傾姿勢でなめらかに。意外と下りの方が、筋肉への負担が大きかったりしますからね。もっとも、選手の重心の位置によって、変わってきますけどね」

「なるほど。その辺も注意して見てみましょう」

軽快な口調とは裏腹に、桜井の脳裏には奇妙な感覚が襲ってきていた。なんとも表現し難い違和感のようなものだ。

どんなスポーツアナウンサーも、実況時には神経を最大限に研《と》ぎ澄ませている。さらに一握りのスポーツアナウンサーになると、五感を超えた第六感のようなモノさえ働き出す。その第六感のようなモノが、異質な何かを捉えだしているような気がしてならなかった。もやもやとした気配。そうとしか言いようがなかった。

そんなことが頭の片隅にあると、実況席に座っていても落ち着かなくなる。お尻の辺りが痒《かゆ》くなってきて居心地が悪くなるのだ。選手らはもうすぐ国道四六号線に出る。桜井はその前に腰を浮かせ、己の肉眼で確かめようと考えた。

五キロ地点通過・桜井家

桜井の家では妻の好江と二人の子供が外出から帰ってきたところだった。盛岡市開運橋《かいうんばし》通りにある瀟洒《しょうしゃ》なマンションの七階。北に霊峰岩手山、眼下に流れるのは大河北上川《きたかみがわ》。盛岡駅まで歩いて五分で、繁華街《はんかがい》にはサンダル履きで出掛けられる場所にある。抜群《ばつぐん》の見晴らしの良さと立地条件で即決した物件だった。勢いだけでハンコを押したため、ローンは後二十六年残っている。

厚手の玄関ドアが開ききらないうちに、坊主頭の誠《まこと》が勢いよく家の中に飛び込んでいった。

「ちょっと、誠。プレステするならちゃんと手を洗ってからよ」

「わかってるって。どうせ、うがいもしなきゃダメなんでしょ」

即座に生意気《なまいき》な受け答えが返ってくる。目の前には脱ぎ散らかしたキャラクター物のスニーカーが、それぞれ靴底を見せて転がっている。やれやれといった顔付きで好江は買い物用の白いエコバッグを上がり框《かまち》に下ろし、長い髪の毛をかき上げながら玄関にしゃがみこんだ。茶色いフレアスカートの裾《すそ》が床につくのも気にせずに誠のスニーカーを揃え終えると、傍らに立つ二歳になる次男の勇《いさむ》の小さな黄色い靴をスポンスポンと脱がせる。

「幼稚園児のくせに、お兄ちゃんは口ばかり達者《たっしゃ》で困っちゃうね。まったく誰に似たんだか」

そこまで言って、好江は思い出したように吹き出した。

「お父さんに決まってるね」

笑いながら勇を抱きかかえて洗面所に連れて行く。

「お外から帰ってきたんだから、しっかり手を洗いましょうねぇ。すぐ、お昼ご飯にするからねぇ」

　手を洗わせ、うがいの真似事をさせてから、ようやく勇を解放する。勇はパタパタとした足取りで、誠の待つリビングに走っていった。好江は洗面所のシンクをタオルで拭《ふ》きながら、鏡に映る自分の顔を眺めた。数日前から目元の小皺《こじわ》が気になっている。濃い目にファンデーションを塗ったはずなのにと首を傾げ、好江は人差し指を小皺に当てると、軽くマッサージした。ふいにため息が込み上げてきた。

「仕方ないか。もう、三十七歳だもんねぇ……」

　鏡に向かって呟いてみると、胸にモヤモヤとした悔恨《かいこん》のような感情が、底から滲《にじ》み出るように湧いてきた。かといって自分のリアルな年齢を悔やんでいるのではない。ほんの少しばかり、失った時間を悔やんでいるのだった。

　好江は以前、大手生命保険会社の岩手支店に勤務していた。それも若くして岩手県内で一番の業績を上げたこともあるトップセールスレディーだった。もともとその仕事が向いていたのだろう。

　口はうまい方ではなかったが、裏表のない明るい性格と丁寧なセールス、さらには誠実な対応が着実に評価された。また当時は運も味方してくれていた。父親の友人の商店主が幅広い人脈の持ち主で、その紹介で大口の契約を獲得するということが重なったのだ。何度も表彰され、特別ボーナスも獲得した。あのまま行けば将来的に自分のオフィスを持ち、人を使うまでになっていただろう。それは周りの関係者の誰しもが認めるほどだった。

そんな仕事一筋だった好江が、恋に落ちた。相手は地元放送局の若手アナウンサー、桜井剛。たまたま情報番組のレポーターとして来社した桜井から、インタビューを受けたのが切っ掛けだった。

同僚たちには玉の輿《こし》と冷やかされたが、もちろん職業で相手を選んだわけではない。それに実際の年収を比べたら、自分の方がはるかに多かったのだから。好江は桜井の嘘がつけない誠実な人柄と、仕事に対する真摯《しんし》な姿勢、そして自分を想ってくれる一途《いちず》さに惹《ひ》かれたのだ。

それでもすんなりと結婚に踏み切ることはできなかった。桜井が本音では家庭的な妻を望んでいることに勘付いたからだ。

好江は仕事を辞めたくはなかったし、なにより今まで築き上げてきたものを失うのは嫌だった。仕事での成功と、女としての幸福。天秤《てんびん》にかけたのではない。両方手に入れたかったのだ。そんな好江に桜井は最大限の理解を示してくれ、結局仕事を続けることを認めてくれた。それで迷うことをやめ、ゴールインした。

だが、間もなく好江は妊娠した。好江にとっては想定外と言おうか、人生設計上の予定よりもかなり早すぎた出来事だった。どうしようかと正直迷ったが、飛び上がるほど喜んだ桜井の曇《くも》りのない笑顔を見て、好江も産むことを決めた。もともと子供は欲しかったし、母になること自体は自分の人生設計上にしっかり記された事項でもあった。それなのに仕事に穴をあけてしまうことがどうしても気になり、どうしようもなく怖くもあった。

そんなことばかり考え、相変わらず無理をして仕事をしていたのが母体に災《わざわ》いしたのだろう。いや、生まれ来る尊《とうと》い命の前では、仕事と比べることすら罪であったに違いない。それに妊娠発覚時に、瞬時でもどうしようかと迷った罰があたったのかもしれないとさえ思った。

好江は妊娠六ヶ月で切迫流産と診断され、緊急入院の憂《う》き目にあったのだ。立っているだけで、いつ流産してもおかしくないほどの状態だった。そのため病室のベッドに横たわったまま点滴を受け、出産のその日までまともに起きて歩くことが許されない状態に追い込まれてしまったのだ。

あの頃のことは一生忘れないだろう。見えない鎖《くさり》でベッドに縛り付けられ、がんじがらめにされた気分だった。もうこのまま起き上がれないのではないかとさえ妄想《もうそう》し、同じ病棟の女性たちともうまく打ち解けることは出来なかった。

そんな時に桜井が持ってきてくれた退屈しのぎの書籍の中に、なぜか石川啄木《いしかわたくぼく》の歌集が紛《まぎ》れ込んであった。何気なしにページをめくっていたら、突然ある歌が目に飛び込んできて、好江の手は止まった。

そんならば生命《いのち》が欲しくないのかと、
医者に言はれて、
だまりし心！

「悲しき玩具」

その歌がすべてを表している気がして、好江はひどく打ちのめされた気分だった。小声で唱《とな》えると涙がとめどなく溢《あふ》れてきて頬をぬらした。当然、命は欲しかった。自分も、そして胎内《たいない》で息づいている小さな命も。桜井が意図的に持ってきたのだろうかと疑ってみたりもしたが、決してそうではなさそうだった。桜井は本屋で中身も見ずに、タイトルだけで買ってくるタイプなのだ。いかに岩手の偉人とはいえ、石川啄木に興味があるなんて話は、それまで一度も聞いたことがなかった。まさに偶然としか言いようがないこの歌との出会いだったが、おかげで好江はほんの少し開き直れた気がした。

予定日よりはかなり早まったが、幸いにも子供はなんとか無事に出産することが出来た。それでも好江が思い描いていた人生設計は、船出からわずか一年で大きく狂ってしまっていた。

会社から産休をもらっていたので退院後はおとなしく家庭に入ったのだが、体調は思ったほどうまく回復せず、子育てと仕事の両立は正直難しく思えた。焦りが回復を遅らせてしまっていたのだろう。母になった喜びを置き去りにして、仕事のことばかり考えていた報《むく》いだったのかもしれない。

悩みに悩んだ末、当時の支社長に相談したところ、君ならいつでも復帰出来ると太鼓判《たいこばん》を押してくれたので踏ん切りがつき、好江は退職した。だが、その後子育てに追われているうちに二人目を妊娠してしまった。あの辛さから子供は一人でいいとさえ思っていたのだが、出来てしまえば神様からの授《さず》かりものと思うしかなかった。そして生保業界に戻るタイミングを失ってしまった。

今からでも遅くはないと、ことあるごとに好江は考えてみたりもする。しかし、仕事の喜びを昔のように感じられるのかと問えば、答えに詰まる。今が幸せなのも事実だったからだ。子供と一緒に過ごす時間は、何より深く自分の心を満たしてくれていると感じられるようになっていた。

それなのに突然髪の毛を掻《か》き毟《むし》りたくなるほどの焦燥《しょうそう》感に襲われることが時々あるのだ。スーパーで『桜井さんの奥さん』と声を掛けられた瞬間や、幼稚園で『誠くんのお母さん』と言われた瞬間などは、急に自分の存在があやふやなものに思えてきて、自分には好江という名前があるのですと叫びたくなる。

結局自分は何を求めているのだろうか。何が不満だというのか。時折込み上げる、一人でも生きて行けるという自信。仕事が出来る女としての自負。

「まだ、三十七歳……もう、三十七歳……」

目に見えない漠然とした苛立《いらだ》ちを押し殺し、鏡の中の自分を睨みつける。その自分の顔に重なるように桜井の笑顔が浮かんできて、好江はため息を短く吐き出すと、思い出したように桜井の部屋に向かった。

鍵《かぎ》はかかっていない。好江はドアノブを勢いよく捻って、中を覗いた。

書斎とは名ばかりの六畳の『オタク部屋』。好江は桜井の部屋を、そう呼んでいた。もっとも、オタクはオタクでも、桜井の場合はスポーツオタクである。趣味がそのまま仕事に結びついているといっても過言ではない。特にお気に入りは格闘技とプロ野球。

奥の壁に据え付けられている本棚とビデオ棚には、国内外のスポーツに関する文献《ぶんけん》や資料映像が整然と並んでいる。独身時代から買い集めている物だ。片づけが苦手なくせに、この手の物だけはきちんと整理されてある。反対側の壁に固定してある一回り小さな棚にも、ＤＶＤとスポーツ大会のパンフレット集。壁の空いているスペースには、桜井が贔屓《ひいき》にしているプロレスラーのポスターと野球選手のカレンダー。そしてそれらに見下ろされる場所に金属製の背の高いオーディオラック。ラックの真ん中には三二インチの液晶テレビとレコーダー。それを挟むような形で、上下にオーディオ機器類がいくつも重ねられてある。

好江は真新しいレコーダーがしっかりと作動しているのを確認して、安堵《あんど》のため息をついた。以前一度スポーツ番組の録画を頼まれたのに失敗し、大喧嘩になってしまったことがある。それ以来好江は桜井のオーディオ機器にはノータッチだ。

それでも、今日ばかりは特別だった。あれほどまでに桜井が入れ込んでいた仕事の集大成であることは、妻なりに理解していたからだ。

ここ数年仕事ばかりで家庭を顧《かえり》みない桜井に呆《あき》れ、一時は離婚という文字が頭にちらついたこともある。それなのにスポーツの話を少年のような瞳で熱っぽく語る桜井の姿を見ていると、なぜかついつい許してしまうのだ。結局は惚《ほ》れた弱みというものなのだろう。

悪い人ではないのだ。ただ夢中になると、周りが見えなくなるだけ。結婚前に感じた一途さは、その何よりの象徴だったのであろう。スポーツアナウンサーとしては一流だろうが、社会人としてはおそらく二流。さらに家庭人としては三流以下だろうと勝手に評価を下している。だからこそ、自分がついていてあげなければ駄目なのだと、妻としての存在意義をそこに強く感じるようにしていた。

それに好江には負い目があった。切迫流産で入院する直前、桜井には東京の放送局から引き抜きの話があったのだ。いわゆるヘッドハンティングである。若手のイキの良いスポーツアナウンサーを求めているとかで、桜井に白羽の矢が立ったのだ。もともと桜井はプロスポーツの実況がしたくてアナウンサーを目指したのだという。残念ながら東京キー局の試験には落ちたが、地方局でコツコツと努力しながら、いつか来るかもしれないプロスポーツや国際大会の実況のチャンスを待っているのだという話を、付き合い始めた頃に好江は何度か聞かされていた。そんな桜井にとって、まさに待望の時が今日なのだった。引き抜き話を自分に報告した時の、桜井の誇らしげで晴れやかな顔を、好江は今でも忘れることが出来ない。なのに桜井はせっかくの誘いを、相談一つすることもなく断った。桜井は何も言わなかったが、自分の入院がその理由であることは明白だった。あんな状態で東京に出て行けるような男ではないのだ。

「おかあさーん、おなかすいたよー」

リビングルームから聞こえてきた誠の声で、好江は我に返った。ふと、意地悪な考えが頭に浮かんできた。この家の間取りは3LDKである。いずれ子供たち二人が大きくなったら、それぞれが部屋を持ちたがるだろう。その時には、このオタク部屋を明け渡さざるをえなくなる。桜井はどんな顔をするだろうか。そしてこの山のような資料の行き先は……。主寝室に資料を持ち込もうとしても、それだけは断固として阻止《そし》しなければならない。考えただけで、なんだか笑いが込み上げてくる。

「ごめんなさーい。今、作るからねぇー」

子供たちとの昼食に鍋焼きうどんを作ろうと思っていた。近所のスーパーに行ったら本日の特売品として、セットになったものが安価で売られていたのだ。それを二つ買ってきていた。夕飯は少しばかり豪華にするつもりだったので、昼食は家計的に抑えなければという考えが働いたのだ。好江は部屋のドアを閉め、軽やかな足取りで玄関に戻った。そして上がり框に置いたままの白いエコバッグを持ち上げた。

「あっ、おとうさんのこえだ」

リビングルームに入って行くと、誠がプレイステーションのコントローラーを握ったまま立っていた。画面を切り替えようとしていたのだ。黄色い革のソファーの上では、勇がうれしそうに跳《は》ねている。

「そうよ。お父さんは今日、マラソンのお仕事。寒いのに大変だねぇ」

四〇インチの液晶のテレビ画面には黒人の選手がアップで映っている。画面の下にはマイケル・ムトゥリというスーパー。そして選手の走りに合わせるかのような、桜井のリズミカルな実況。桜井はこの黒人選手がいかに凄い選手なのかということを、いつもの食卓と変わらぬ熱っぽい口調で説明している。好江はテレビのリモコンを拾い上げ、ボリュームを上げた。桜井の声がスピーカーからガンガン流れてくる。それだけで、何かいつもより張り切っている感じに伝わってくる。

「うわっ、おとうしゃん、おとうしゃーん」

勇が小さな手を叩いてオモチャの猿のように喜んでいる。

「ねぇ、誠。プレステは後にして、たまにはお父さんが仕事しているのを見ようよ」

「えーっ」

不満そうな声を上げて抗議の姿勢を見せた誠だったが、母親からの提案が覆《くつがえ》りそうにないと悟ったのか、仕方なさそうにプレステのコントローラーを元の場所に戻すと、勇の隣に重々しく座り込んだ。

「さぁ、鍋焼きうどん作るぞぉー。すぐ出来るからねぇー」

台所に立った好江の背中に、桜井の軽快な声が届く。耳に心地よい、リズミカルな実況だ。自分の夫ながら、さすがに上手《うま》いと思う。その実況のリズムに合わせるかのようにテンポ良く、好江は鍋焼きうどんセットの蓋《ふた》をはがした。

一二キロ地点・中澤敏行

——気に入らないなぁ、この学生。関東体育大学の東山か。やたらと並んでくるな。肩が触れたぞ。挑発しているつもりか。だとしたら、まだまだ若いな。マラソンの勝負所は、こんな所じゃない。元気が有り余っているというなら、先に行け。僕もまだ本調子じゃないし、学生の相手をしている暇は無い。それにパットンの後ろを走るのがどれだけ危険かわかっちゃいないようだしな。ここまで僕がパットンの後ろを走っていたのは、初心者を守ってやろうという親切心からのつもりもあったのにさ。まぁ、いい。なにごとも経験だ。勢いだけじゃ持たないぞ、東山くんよ。ほら、行け――

中澤は瞬時に下がった。ほんのわずかな隙間ができた。吸い込まれるように、その隙間に東山が入る。すぐに中澤が距離を詰めた。挟まれる形だ。さらに、まるで呼ばれたかのようにパクが東山の左に寄った。

一二キロ地点・東山一彦

――やばい。囲まれた。なぜだ。まるで吸い込まれたみたいだった。まさかこの人たち組んでいるのか。いや、それはないはずだ。中澤さんはパットンともパクとも、あまり仲が良くないって聞いたことがある。だとしたら……どういうことだ。うわっ、右側に上がってきたのは、セルバンテスじゃないか。マジで囲まれた。くそぉ……いや、落ち着け、落ち着くんだ。ポジティブ・シンキング。良く見たら、絶好の面子《めんつ》じゃないか。前はパットン。横は韓国の鉄人パクと色男のセルバンテス。そして俺の後ろに中澤さんだ。世界大会レベルの中にいるんだ。檜《ひのき》舞台だぜ。しかも、俺の方が中澤さんの前を走っているんだ。へへっ、今頃テレビを見ている連中は騒いでいるだろうな。一応これ、全国放送だしな。うおっ……なんだ。なんだよ、今の。あぁ、パットンの足か。当たったぞ、このヤロウ。一瞬バランスを崩しそうになったじゃないか。くそぉ、おい、膝に当たったぞ。知らん振りか。うーん、この位置は危険だな。ならば少しだけ右にずれよう。うわっ、パットンがスピードを上げたぞ。パクもだ。後ろから中澤さんも来るに違いない。くそっ、離されてたまるか――

一二キロ地点・中継車

「トップを走るムトゥリにパットンが並びかけた。それを追うようにして飛び出したのはパク。さらに関東体育大学の東山であります。中澤は出ない。セルバンテスも出ない。少し距離をとって、様子を窺《うかが》っているように見えます。宇都宮さん、東山が出ましたよ」

「うーん、いけません。慌てたんでしょう。いくらなんでも早すぎます。おそらくパットンが揺さぶりをかけたんだと思いますが、乗ってはいけませんね。まぁ、元々彼は強気な子でしてね。それが長所でもあり、短所でもあるんですが……。まだまだここは様子見で、セルバンテスあたりに食らいついてじっくり走るべきところなんですけどねぇ……」

「そのセルバンテスと中澤は東山の後ろにピッタリとつけています」

「この走りでいいんです。さすがです」

「しかしこうして見ていますと、東山はなかなか元気そうです。これまで何人も選手を見ていらっしゃる宇都宮さんですが、この東山は手塩に掛けて育てている金の卵と聞いていますよ。期待も大きいんでしょうねぇ」

「もちろん期待はしていますが、うーん、ペースを乱されていますね。本人はそれがわかっていない。調子が良すぎるだけに、つい。周りは百戦錬磨の猛者《もさ》ぞろいですからね、この先、なんとも」

宇都宮は苦虫を噛み潰《つぶ》したような顔をした。

一三キロ地点・中継車内・宇都宮昭彦

──なぜ、私の指示通りに走らない。あのバカ、すっかり舞い上がっているな。いかに調子が良いとはいえ、いい所を見せようとして背伸びする悪い癖が出た。ペースを小刻みに上げたり、下げたりされているのがわかっていない。調子が良すぎて気付かないんだな。たしかに大会に備えて充分な走り込みをさせ、四二・一九五キロを走るだけの力は付けさせたつもりだ。だが、それはあくまで肉体的なことだ。駆け引きだけは実戦で学ぶしかない。マラソンとは、そういうものだ。しかし、いくらなんでもこれはない。早めにダメージが来るぞ。なんてことだ。金の卵が、呆れてしまう。東山も、所詮《しょせん》は卵止まりか。いや、金の卵なら、これまで何人も見てきた。もちろん本当の金の輝きを見せるほどに成長した選手もいるにはいる。しかし、どんなに輝こうと、ダイヤの輝きにはかなわない。そうだ。私が出会った、ただ一人のダイヤモンドの原石。あぁ、あいつがいてくれたら、私もこんな風じゃなかった――

一五キロ地点・中継車

国道四六号線つなぎ十文字の交差点を右折したところで、先頭集団の塊が少しずつ崩れだした。集団は縦に長く変わりつつある。距離で言えば一三キロを過ぎたあたりで、ここから先は滝沢市から雫石町《しずくいし》へと変わる。

この道はかつて宮沢賢治も愛した小岩井《こいわい》農場へと連なる一本道だ。選手らが向かっている折り返し地点は雫石町と滝沢市にまたがる広大な農場の奥に設置されていて、距離で言えば二一・四キロ地点になる。中間点はその少し手前で、宮沢賢治の童話『狼森《おいのもり》と笊森《ざるもり》、盗人森《ぬすともり》』の舞台となる狼森の右手にあたる場所だった。

放送席のモニター画面には健康食品会社のCMが流れている。桜井は腰を浮かせて先頭集団と沿道の様子を確認していた。

沿道には市街地ほどの人の波はない。歩道の所々にある広まった場所に、小旗を振る人の姿がまばらに見える程度だった。少し引っ込んだ草原の細道に車を止め、アウトドア用の椅子とテーブルを出し、ベンチコートを着込んで観戦している家族連れの姿もあった。

秋田との要路である国道四六号線と違って、元々交通量も多くはない。そのせいか係員の動作もどことなくのんびりとして見えた。森林浴とまではいかなくとも、辺りに漂う空気はかすかに緑色を帯びているような感じがしている。

静かな沿道に立っていると、間近を走る選手らのスッスッ・ハッハッという規則正しい息遣いが、はっきりと耳に届くほどだろう。そんな草原の一本道を、七四人の選手と関係車両が一団となって、お祭りのパレードのように進んで行く。初冬とはいえ牧歌的でもあり、どこかの画家がリトグラフにしたら、たちまち買い手がつきそうな光景でもあった。

そんな穏《おだ》やかな光景のはずなのに、桜井は腰を浮かせたまま跳び上がりそうになった。一瞬己の目を疑ってしまう。だが、桜井が目にしたものは、紛れもなく現実の光景であった。そしてやっと気付いた。レースの途中から今まで、ずっと感じていた妙な違和感の正体に。

一人の男が走っているのだ。しかも沿道を……。

闖入者《ちんにゅうしゃ》と言ってしまえばそれまでだが、ずっと感じていた何かとはこの男の存在だったのだ。辺りに神経を張り巡らせながら実況をしていた桜井のアンテナの端に、ずっと引っかかり続けていた異質な気配。今まで国道四六号線の人の波に隠れて見えなかった謎の男の姿を、桜井はしっかりとその両目で捕らえていた。

歳はまだ二十代後半くらいにしか見えない。身長は一七〇センチを少し上回った程度。白いランニングシャツに、黄色いランニングパンツ姿。サングラスを掛け、サラサラの髪を風になびかせながら淡々と走っている。ちょっと見にはレースの出場者に見える。体付きも悪くないし、走り方も安定している。しかし男は腰にベルトを巻き、そこに給水用のペットボトルをはめ込んでいた。トレーニングならいざ知らず、大会にこんな恰好《かっこう》で出場する者はいない。何より番号だ。男の胸に縫《ぬ》い付けられたナンバーカードに数字は記されていない。洗ったように真っ白のままだった。そして……男は沿道を走っている。こんなことがあるのだろうか。自分の違和感が正しければ、男はスタートからずっと、たった一人で沿道を走り続けてきたことになる。しかも世界のトップクラスの選手らを相手に、ここまで一三キロも離されずに。

信じられなかった。

誰だ、あいつは。

いったい何者なのだ。

なぜ沿道を走っているのだ。

何を考えているのだ。

桜井は動揺していた。そして恐れてもいた。さらに怒りも感じ出していた。完璧を求めるスポーツアナウンサーは、自分の実況しているレースが邪魔されることを何よりも嫌う。それは桜井とて例外ではない。レースは選手が作るものだが、番組として仕切るのは実況アナウンサーなのだ。

「間もなくCMが明けまーす」

柳原の声に、桜井は慌てて腰を下ろした。

しかし、と桜井は思った。本当に謎の男は沿道を走り続けてきているのか。実際そんなことが可能なのだろうか。

桜井は瞬時にここまでの情景を思い返した。コースは実況が決まってから、何度も何度も車や自転車で試走しチェックしてきているのだ。もちろん沿道の様子も含めて。そのすべての景色や道路状況が、頭にインプットされているといっても過言ではない。

そんな桜井が頭の中ではじき出した結果は、可能の文字だった。歩道は狭いものだという先入観があるが、盛岡の場合は比較的広くて段差も少ない。また大都市で行われるマラソンに比べれば、沿道に押し寄せる観客の絶対数が少ないのだ。せいぜいコースに沿って一列である。ならばその後ろの広いスペースを駆け抜けることは、決して不可能ではないのだ。

しかし……。

モニター画面の中心にムトゥリを中心とした先頭集団が映しだされる。その画面の右端に謎の男の姿がチラチラと映りこむ。

桜井は悩んだ。見ている光景をそのまま伝えるのが実況アナウンサーの基本である。ならばこの男の存在にも触れなければならないのではないだろうか。とはいえまともに触れていいものだろうか。

柳原に確認しようとしたが、すでにマイクはオンになっている。桜井は瞬時に進行表に目を落とした。次のCMタイムを確認したのだ。幸いなことに次のCMタイムは二分と長尺《ちょうじゃく》であった。桜井は決断した。謎の男の扱いについては、次のCMを流している間にチーフディレクターの判断を仰《あお》ごうと。桜井は唾《つば》を飲み込み、遅れを取り戻すかのように実況を再開した。

「選手らは正面に霊峰岩手山を仰ぎ見ながら、かつての小岩井有料道路を走って行きます。この先には国内最大規模の民間農牧場として知られる小岩井農場が広がっています。明治二十四年の創業。創業者である小野義眞《おのぎしん》、岩崎弥之助《いわさきやのすけ》、井上勝《いのうえまさる》の三人の頭文字をとって小岩井と名づけられたといいます。今では乳製品で有名ですが、かつては下総御料《しもうさごりよう》牧場と並ぶ競走馬の名産地でありました。ここで生まれた皐月《さつき》賞馬、菊花《きっか》賞馬、桜花《おうか》賞馬、さらにダービー馬は数知れず。日本初の三冠馬セントライト号も、ここ小岩井で育ちました。小岩井の産馬の歴史は、そのまま日本競馬の歴史とも言われています。夏場はみちのくの避暑地、そして冬場はいわて雪まつりの会場として観光客を集めます。さぁ、道の両側に牧場の田園風景が広がってきました。一瞬北海道を思わせるような、のどかで広々とした草原です。まだ緑の残る草原の小高い丘には、白いビニールで包まれた円形の大きな塊が見えます。あれはラップサイレージといいまして、中身は刈り取った牧草です。長く厳しい冬に備えて、牧場は慌しい時期を迎えているそうです」

「いやぁ、選手にとっては景色が変わったことで、いい気分転換になっていると思いますよ。走っていて同じような光景が続きますと、やはり厭《あ》きますからね。もっともそれは余裕のある選手に関してですけどね」

解説の宇都宮の変わらぬ口調に、桜井はやや落ち着きを取り戻した。どうやら宇都宮は、まだ謎の男の存在に気付いてはいないようだった。へたに触れられても困る。チーフディレクターの判断が出るまで、桜井は極力触れたくなかった。

「なるほど。それではここで先導の白バイ隊のお二人をご紹介しましょう。お二人とも岩手県警交通機動隊に所属しています。まずセンターライン寄りの向かって左側は大志田《おおしだ》光弘《みつひろ》巡査、二十四歳。白バイ歴は二年ですが、高校時代は陸上競技の選手だったということで、先導が決まったときはうれしくて思わずガッツポーズをしてしまったそうです。そして右側は佐藤《さとう》太一《たいち》巡査長、二十八歳。白バイ歴は四年三ヶ月。昨年の逮捕術の全国大会で個人戦三位に入った猛者でもありますが、今年の夏に娘さんが生まれましてパパになりました。今の楽しみは娘さんの寝顔を見ながらの晩酌《ばんしゃく》ということで、猛者の面影《おもかげ》は感じられません。このお二人の先導で、レースは進められています」

桜井は解説者と視聴者の目を先導のバイクに向けさせた。本筋と違うネタを振るのは、時間稼ぎの基本である。狙い通りにカメラは二人の警官をアップで映し出している。ここまで寄ると、沿道はチラリとも映らない。

「そしてこの大会の報道用車両は、環境にやさしい天然ガス自動車を使っています」

画面は事前に撮影したＶＴＲ映像に切り替わった。スポンサー企業が提供してくれている車の紹介映像で、女性アナウンサーのナレーションが入っている。

「こういった各社の御協力で、大会は運営されております。さぁ、先頭集団は間もなく一五キロ地点に差し掛かります。宇都宮さん、一四キロあたりからペースが上がってきていませんか」

「そうですね。一二キロを過ぎたあたりから小刻みな上げ下げがあって、正確に言えば一三キロを過ぎたあたりから徐々に上がってきてますね。まぁ、風もおさまってきてますし、選手らの体も暖まったことでしょうから。これは一五キロのタイムが非常に気になりますね」

「たしかにペースが上がってきているようです。その証拠に、縦に長かった集団から、徐々に脱落する選手が出だしましたよ。後ほど第二中継車に伝えてもらいましょう。さぁ、今一五キロ通過です。トップは依然ケニアのマイケル・ムトゥリ。手元の時計で四五分五〇秒。ということは一〇キロ地点から一五キロ地点までの五キロは一四分五〇秒。宇都宮さん、一五分切ってきましたね」

「ええ、ペースがさらに上がってきましたね。ムトゥリの最初の五キロが一五分四五秒。五キロから一〇キロまでが、えーと一五分一五秒ですか。そして一〇キロから一五キロまでが一四分五〇秒と、五キロごとに二五秒から三〇秒アップしてますんでね、これは厳しいレースになってきましたよ」

「第一中継車の桜井さん」

「はい、本部の田沼さんですね、どうぞ」

「はい。一五キロの正式タイムです。トップはケニアのムトゥリで四五分五〇秒。次いでアメリカのパットンが四五分五一秒。そして日本の中澤と韓国のパクが四五分五二秒、さらにスペインのセルバンテスが四五分五三秒です。期待の初マラソン、関東体育大学の東山は四五分五六秒となっています」

「わかりました。上位五人の選手プラス東山という顔ぶれは変わっていませんが、気になるのはさらにその後ろの選手です。肉眼でも遅れだしたのが確認できていますが」

「第一中継車の桜井さん」

「はい、第二中継車の吉村さん、どうぞ」

「はい。第二中継車は現在先頭集団の後方につけていますが、次々と選手が脱落していきます。一五キロ地点を前にして、七位につけていたJP食品の野間口も遅れだしました。ご覧のように野間口は先頭集団から五〇メートル以上後方です。非常に苦しそうな表情です。あっ、またさらに遅れだしました。招待選手の野間口。なんとかここまで懸命に食らいついていたんですが、どんどん離されだしました。あっ、東山もどこか走りが変ですね。右手で太股《ふともも》の辺りを叩いています」

一五キロ地点通過・東山一彦

——なんだよ。なんでこんなに足が張るんだよ。まだ、たった一五キロだぜ。ハーフにも届いていないってのによ。信じられねぇ。嘘だろう。あんなに練習してきたんだ。俺が大会前の合宿で、どれだけ宮崎の山の中を走りこんだと思っているんだ。ハンパじゃねぇぞ。この程度の距離で、弱音を吐くような足は作っちゃいない——

東山は前を走るセルバンテスの大きな背中を見た。その背中が分厚い真っ赤な壁のように思える。そしてその壁との距離が、少しずつ開いている気がして愕然《がくぜん》とした。壁の向こうにチラチラと窺えるのは、パクと中澤の背中だ。ムトゥリやパットンは、さらにその前にいる。東山は歯を食いしばって、ペースを上げようとした。その瞬間、足に異変を感じ飛び上がった。

——ヤバイ。このままだと右足が痙攣《けいれん》しそうだ。わかる。この気配はそうだ。一度痙攣したら、すぐには走れなくなる。こういう時はペースを落として様子見するしかない。くそぉー、なぜだ。調子は今までに無かったほど良かったはずだ。パットンに蹴られた影響か。それとも……くそぉー。中澤さんの背中すら見えない。これが世界の壁っていうやつかぁ。冗談じゃない。チクショウ、必ず追いついてやる——

一五キロ地点通過・再び中継車

「吉村さん。東山も遅れだしましたね」

「そうですね。どうしたことでしょう。故障でしょうか。しきりに足を気にしていましたが。ここまで軽快に走っていた東山が、どんどん遅れだしました。あーっと、見る間に差が開いて行きます。ご覧のように辛そうな表情で、今、チラッと後ろを振り返りました。あっ……えー……その沿道ですが」

——やばい！——と、瞬時に桜井は思った。吉村が沿道を走る男に気付き、ここで触れようとしていると感じたのだ。桜井は慌てて吉村のリポートを遮《さえぎ》り、主導権を自分に戻した。

「はい。第二中継車は、みちのく放送の吉村アナウンサーでした。いやぁ、解説の宇都宮さんにとっては教え子とも言える東山。ここまで頑張ってきたんですがねぇ」

「ううーん。痙攣でしょう」

「痙攣ですか。そんな前兆は見られませんでしたけどねぇ」

「ええ。マラソンの一般論として、スタート時に足が軽いと感じるときは要注意って言うんですがね。レース前の調整で、筋肉を緩ませすぎた時に起こりやすいんです。しかし、東山に限っては当てはまらないと思うんです。そんな準備はさせていませんから。だとしたら、やはり調子が良すぎたことが原因としか言いようが無いですね」

「どういうことでしょう」

「調子が良すぎたばかりに自分のペースを守れず、トップクラスの選手に振り回されたということです。トップクラスの選手の見えない駆け引きの中に巻き込まれて、知らず知らずのうちに脚力を奪われていったんでしょう。どんなに調子が良いといっても、所詮二時間七分台で走る力は無いんですから。いや、もう少し粘れると思ったんですがねぇ……。まぁ、たしかにこれだけペースが上がりますとね、初マラソンの学生には辛いでしょう。いい勉強にはなったと思いますよ」

「そうですか。たしかにこれが最初のマラソンですからね。東山は次代を担《にな》うホープですから、ここで何かを学んで、次に生かして欲しいものです。もちろん、ここから巻き返すことだってあり得ますからね。この後の粘りの走りに期待しましょう。さて、辺りは一面緑の草原が広がっていて、のどかな光景。テレビをご覧の皆さんには、牧場を貫《つらぬ》くなだらかな一本道に見えるでしょうが、実はここが大きな落とし穴なんですよね」

「ええ。なだらかな道に見えますが、ゆっくりとした上り坂になっていますので、ジワジワと足に効いてくるんですね。東山も意外と、それが影響したかもしれませんね。まぁ、ここを上手く登れば、逆に帰りは下り坂ですからタイムを稼げます。折り返し地点までの行き帰りが、勝負の重要なポイントになると思いますよ」

「はい。お話の通り、ここは上り坂になっています。選手らが正面に見ているのは標高二〇三八メートルの岩手山。この辺り一帯はその裾野《すその》にあたります」

柳原がスケッチブックに書かれた指示板を差し出してきた。黒マジックで書かれたCMという文字と、Qワードという文字が視界に入る。桜井は軽く頷き、顔を上げた。

「選手らは給水ポイントに差し掛かっています。第一回盛岡国際マラソン大会実況中継。この放送はみちのく放送をキーステーションに、全国二十八局ネットでお送りしています」

しっかりと語尾を強めて、桜井はCMに入る合図となるQワードを告《つ》げた。すぐにスピーカーから軽やかなジングルが流れ出し、画面が切り替わった。それを確認して、桜井はフロアディレクターの柳原に言った。

「ヤナちゃん。沿道を走っている男の扱いをどうすればいいのか、中館《なかだて》さんに聞いてくれ」

「えっ、沿道を？　なんですか、それ」

「いいから早く。本部にいる中館さんなら気付いているはずだ。早く、時間が無い」

「は、はい」

言っている意味がわからないのか、柳原は怪訝《けげん》そうな顔でインカムに付けられているマイクに向かって喋《しゃべ》りだした。このマイクは中継本部の調整卓に座っているチーフディレクターの中館と繫がっている。中館はそこで複数のモニター画面の映像を見ながら、隣に座るスウィッチャーに画面切り替えの指示を出しているはずだった。マイクに向かって二言三言会話を交わした柳原は、笑いながら中館の指示を伝えた。

「別に触れなくてもいいそうですよ。たしかに時々チラチラと画面に映り込む奴がいて少し気にはなるけど、カメラワークで上手く切るそうです。それにパフォーマーだろうから、すぐに疲れて止《や》めるだろうって笑ってました」

「違う！　違うんだよ」

桜井は言い切った。その突然の剣幕に驚き、柳原は口を開けたまま黙った。

「中館さんも気付いていないのか。あいつはずっと走っているんだよ、不安定な沿道をさ。ここまで、一五キロ地点まで、ずっと世界のトップランナーたちにくっついてさ。信じられるか」

「そんなぁ……まさか」

柳原は丸い顔をさらに丸くさせた。唇の端が吊り上がっている。

「本当だよ。見てみろ、あいつの走り。只者《ただもの》じゃないぞ」

「えーっ」

その一言で柳原は重い腰を上げた。中継席の前にある横長の窓に顔を近づけて沿道を窺う。鼻息でガラス窓が白く曇った。

「うわっ、いた。あいつですか。うわーっ、軽快に走っているじゃないですか。あいつがずっと走ってきてるなんて、そんなバカな」

「本当だってば。誰だよ、あいつ。岩手のスポーツ界に顔の広いヤナちゃんなら知ってているだろう」

「えーっ、実はボク、陸上競技にはあまり人脈ないんですよね。うーん。ボクの知る限り、ここ数年、岩手の陸上界に目立った男子ランナーなんて出ていないはずですから、よその県から来たんじゃないんですか」

「よその県。なんのために」

「知りませんよ。ただ目立ちたくて走っているのかもしれませんし」

二人のやり取りを聞いていた宇都宮が、笑いながら腰を浮かせた。

「そんなことが起きてるとは気付きませんでしたね。どれどれ、どの男ですか。このままゴールまでついて来られたらスカウトせねばなりませんな。どれどれ」

宇都宮は首を伸ばしながら冗談ぽく笑い声を上げた。

「先生、あそこです。あの、沿道を走っている奴です」

「ほおーっ、たしかに……あっ」

柳原の指差す先を見ていた宇都宮は、一瞬小さな声を上げたかと思うと、そのまま息を呑んだ。ただごとではない空気を、桜井は瞬時に感じ取った。

「先生、知っている選手なんですか」

桜井の問いに、宇都宮は答えなかった。ただ中腰のまま、驚いたように目を見開いている。

「間もなく中継に乗りまーす」

先に席に着いた柳原が、インカムからの指示を伝えた。だが宇都宮はその声も聞こえなかったかのように、窓の外をじっと見つめたままだった。

「先生、宇都宮先生」

桜井が宇都宮の腰に触れると、宇都宮は驚いたようにビクリと震え、恐々《こわごわ》と振り返った。

「ああ……すみません」

苦しそうに呟くと、まるで力が抜けたかのようにペタリと席に腰を下ろした。

「知っている選手なんですね」

「い、いや……」

桜井の再びの問いに、宇都宮は首を横に振った。

その頃、中継車内とはまったく別のところで、騒動は大きくなりつつあった。

インターネット内の巨大掲示板にある実況スレッド。大会直前に立てられた『第一回盛岡国際マラソン大会』のスレッドは、急激にアクセス数が増えだしていた。目敏《めざと》いマラソンファンが男の存在に気付き、あれは誰だと書き込みをしたのが切っ掛けだった。最初からいる証拠のキャプチャー画像も貼られ、掲示板はあっという間に書き込みが一〇〇に達し、いっぱいになるとすぐに新たなスレッドが立てられた。同様にツイッターやミクシィ、フェイスブックなどといったSNSの書き込みも驚くほど速いペースで増えていった。彼らの矛先《ほこさき》は実況をする桜井にも向けられた。なぜ、あの男に触れないのか、と。

もちろんそんな騒ぎなど露《つゆ》知らず、桜井は漠然とした疑問を抱えつつも忠実に実況を続けていた。しかしそれは葛藤《かっとう》でもあった。

沿道を走る謎の男の存在が、どうにも気になって仕方がないのだ。元来アナウンサーという生き物は喋りたがりなので、気になることにはついつい触れてみたくなる。それに男を知っているような宇都宮の素振りも気にかかる。あの驚きようは尋常《じんじょう》ではなかった。

事実、男の姿を見て以降、解説から歯切れの良さが消えている。時折考え込んだようになって、こちらの問いに対する返答も遅れがちになっていた。

おそらく宇都宮はあの男を知っているに違いないのだ。なのに頑《かたく》なに知らないと言い張るのはなぜなのだろう。いったんそう考え出すとそのことに気を取られ、どうしても実況がおろそかになってしまいそうになる。

それにしてもあの男の走り。素人とは思えないし、ここまで世界のトップランナーに食らいついてきていることでもそれは証明されている。しかも不安定な沿道だ。アスファルトだけの車道と違って、レンガやタイル舗装の部分もある。さらに想像以上の凸凹や起伏があって、衝撃や疲れ、走り難さも通常の倍はあるかもしれないのだ。

よし、と桜井は決断した。

ここまでスゴイことをしている男に触れないわけにはいかないじゃないか。たとえ正規の出場者じゃなくても、これだけの見事な走りを見せているのだ。そうだ、区切りは二〇キロだ。もし男がこのまま二〇キロまでついてくることが出来たら、男のことも含めて実況しよう、と。

「選手らの左手には大きな屋根の上丸《かみまる》牛舎が見えます。柵《さく》の向こうでは、まだら模様のホルスタインが、のんびりと草を食《は》んでいます。そして右手には小岩井農場のメイン施設、まきば園が見えてまいりました。年間約一〇〇万人の観光客が訪れる一大観光拠点であります。広い園内では新鮮な牛乳を使ったソフトクリームや、名物のジンギスカン料理を楽しむことが出来ます。また季節ごとに羊の毛刈り体験や乗馬、アーチェリーにシープドッグショーなど、さまざまなアトラクションも楽しめます。おっと、牧場の柵に寄りかかって応援している人たちの姿もありますね。国道四六号線に比べ、道路が狭くなっている分、応援が間近に聞こえていることでしょう。さぁ、声援を受けて、選手らは運命の二〇キロ地点に向かいます」

あれこれ考えながら実況していたせいで、思わず運命などという大げさな表現を早々と使ってしまい、桜井は内心舌打ちした。

二〇キロ地点・中継車

道の両側にはうっそうと生《お》い茂《しげ》ったカラマツ林が、街路樹のように続いている。鳥のさえずりがはっきりと耳に届くほど静かな道である。辺りに響くのは選手らの息遣いと車両のエンジン音。そして移動中継車から漏れる桜井の実況の声だった。

「それにしてもなんというスピードでしょうか。乳業工場の銀色の屋根が見えてきたと思ったら、あっという間に後方に遠ざかりました。世界のトップランナーのスピードを目《ま》の当たりにして、沿道に集まった人たちもただただ驚いていることでしょう。先頭を行く五人には、上り坂も標高差も関係ありません。それだけの選手たちです。韓国のパクは中国の昆明《こんめい》で合宿をしてきました。日本の中澤はアメリカのボルダーでトレーニング。他の選手らも、それぞれ名だたる高地でトレーニングを重ねてきたといいます。さすがは世界のトップランナーたちと、感嘆と賞賛の声をもらさずにはいられません。むしろペースはまた上がってきたように感じられますが。いかがですか、宇都宮さん」

「えっ」

「ペースがまた上がってきたように感じられませんか」

「えっ、ええ。そうですね」

やはり宇都宮の反応は鈍《にぶ》かった。心ここにあらずとまではいかなくとも、ずっと何か考え込みながらレースを眺めているような感じだった。桜井は気になりつつも手元の資料に目をやり実況を続けた。

「選手らはまるで一陣の風のように、うっそうと茂った林の中を駆け抜けて行きます。時折木々の間から木漏《こも》れ日がシャワーのように差し込み、選手らの躍動する肉体に柔らかく降り注いでいます。さぁ、今、カラマツ林を抜けた。選手の視界に広大な草原と雄大な岩手山の姿が飛び込んでくる。この辺り一帯も、小岩井農場の広大な敷地内にあたります。

かつて日本のアンデルセンといわれた宮沢賢治がこよなく愛した土地でもあります。盛岡中学や盛岡高等農林、今の岩手大学農学部の学生時代にはこの界隈《かいわい》をあてどなく散策し、左手の鞍掛《くらかけ》山や正面に見える岩手山にもたびたび登ったといいます。賢治は自然の中で、鳥や小動物、さらには風や光といったさまざまな自然の声に耳を傾けました。また花巻《はなまき》農学校の教師になってからも、土壌や稲作の勉強の傍ら、この界隈を思索して歩いたといいます。ある時は両手を挙げて弾むように、またある時は馬車に乗って。詩集『春と修羅《しゅら》』には、小岩井農場に寄せる思いが、実に六百行にわたって綴《つづ》られています。そんな賢治の息遣いを肌に感じ取れるロマンあふれる一帯を、選手らは駆け抜けていきます」

実況しながら、桜井は謎の男の姿をモニター画面の中に探した。

いた。

男はいた。

まだ走っている。

移動中継車のカメラが捉える映像の端に、白いランニングシャツがチラチラと映り込む。表情までは窺えない。しかしわずかに映る手の振りは、まだ力強さを感じさせていた。

おもしろい、と桜井は思った。

よし、来い。

ついて来い。

ここまできたら決して振り落とされるな。

そう心で男に呼びかける。一時はレースを壊す存在ではないのかと危惧《きぐ》したはずだったが、今は男に対する興味がそれをはるかに上回っていた。それどころか、むしろ応援する気持ちのようなものさえ芽生《めば》えつつあった。そしてそんな急変した自分が、愚《おろ》かでおかしくもあった。桜井は笑い出しそうになるのをこらえ、再び下腹に力を込めた。

「さぁ、選手らはまもなく二〇キロ地点に差し掛かります。ご覧のように、上位は完全に五人の選手に絞られました。六番手以降の選手は、はるか後方。すでに肉眼では確認できないくらい差が広がっています。トップは依然としてケニアのマイケル・ムトゥリ。走りは軽快そのもの。そして日本期待の中澤敏行はしっかりと三番手。ペースはさらに上がってきています。さて、どれくらいのタイムで通過するのでしょうか。注目しましょう」

選手らの前方には路面に引かれた白いライン。路肩に立てられたポールの上には、二〇と書かれた丸いプレート。人込みの中で歓声を上げる者はいない。競技役員や係員は体を強張《こわば》らせ、固唾《かたず》を呑《の》んで見守っている。

「今、二〇キロを通過しました。トップはケニアのマイケル・ムトゥリ。手元の時計で一時間〇分二六秒。続いてパットン、中澤、パク、セルバンテスの順で二〇キロを通過しました。やはりさらにペースを上げてきています。えーっと、一五キロから二〇キロまでの五キロは、実に一四分三六秒で来てますよ。宇都宮さん、このスプリットタイムはいかがですか」

「そうですねぇ……うーん」

宇都宮はすぐには答えず、手元の資料を覗き込みながら唸った。

桜井はじれったかった。このままだと宇都宮の解説は当てにできなくなる。まだレースは半分以上残っているのだ。実況中継は解説者との二人三脚だというのに、この先どうすればいいのかと頭を掻き毟《むし》りたくなってくる。

「えー、このタイムだと、今度は五人による生き残りレースになりますね。潰し合いといいましょうか。次の五キロは折り返してからの下り坂になりますが、むしろ抑え気味に走った方がいいような気がしますね」

やっとまともな答えが返ってきて、桜井は安堵《あんど》のため息を吐いた。宇都宮は少し落ち着いたようだった。しかしそうなると、やはり先ほどの尋常ではない驚きようが余計気になってくる。

「第一中継車の桜井さん」

「はい、本部の田沼さん、どうぞ」

「はい。二〇キロの正式通過タイムをお伝えします。トップはケニアのマイケル・ムトゥリで一時間〇分二六秒です。次いでアメリカのポール・パットンで一時間〇分二八秒。三番手が日本の中澤敏行で一時間〇分二九秒。四番手が韓国のパク・ワンキとスペインのフリオ・セルバンテスで同タイム、一時間〇分三〇秒となっています」

「はい、わかりました。ちなみに世界記録での二〇キロのスプリットタイムは、五九分四三秒です。ということは宇都宮さん、あまり記録的に期待できないとされていたこのレースですけども、このペースだと二時間一〇分を切りそうですね」

「それはいくでしょう」

「うーん、楽しみがまた一つ増えました。マラソンファンの方はご存知でしょうが、マラソンでは二時間一〇分を切る記録をサブテンと言います。日本では一九七八年二月一五日の別府大分毎日マラソンで、宗茂《そうしげる》さんが初めて二時間一〇分の壁を破って以来、五〇人がこのサブテンを記録しています。もちろん解説の宇都宮さんもそのお一人です。そしてその中でも、現在三番手を走る中澤は、歴代最高の九回サブテンを記録しています。どうやらこのペースで行くと、中澤にとっては記録更新の十回目のサブテンとなりそうです。もっとも中澤クラスの選手になりますと、サブテンは当然でしょうし、なにより表彰台の一番高い場所しか眼中にないとは思われますが。さて、選手らは給水ポイントに差し掛かります」

モニター画面の映像は先頭を行くムトゥリを捕らえた。慣れた手つきでスペシャルドリンクの白いボトルをつかみ、勢いよくストローに吸い付いている。ムトゥリは二口か三口吸ったかと思うと、すぐに沿道にボトルを放った。その後ろにパットン、中澤が続く。パクは水を含んだスポンジを左足の太股に当てている。故障したのは脹脛と発表されていたが、どうやら何かしらの影響が出てきたように感じられた。セルバンテスは一歩下がった位置で、悠々とスペシャルドリンクに吸い付いている。

桜井は実況を続けながら、モニター画面の中に謎の男の姿を探した。二〇キロを過ぎたのだ。もし本当について来ているのなら、今度こそ触れねばなるまい。

だがこのカメラ位置では、男の姿を捕らえきれていなかった。ましてや給水ポイントとあって、沿道には再び人が集まっている。かなり密集している場所もある。そんな中を、あいつはまだ走っているのだろうか。

いや、走っているに違いない。桜井には男の気配を感じ取ることが出来た。ヒタヒタと走る影のような存在。障害物としか思えないような人込みの後ろを縫うようにして……。

あの男は腰のベルトにペットボトルのようなものをくくりつけていた。あれで給水をしているのだろうが、足りているのだろうか。それにこのスピードではペットボトルの存在自体が邪魔になって走り難《にく》いだろう。それなのに先頭集団に食らいついて離されず走り続けている。それも快適な道を走る世界のトップランナーたちの集団に。

何度考えても信じられないことだった。あいつが誰なのか早く知りたかった。何のために走っているのか、マイクを突きつけて問い質《ただ》したかった。しかしそれはとりあえず二の次だ。今はただ、あいつの凄さというものが実感として痛いほど伝わってきていた。

おそらくバカなのだろう。しかも無類のマラソンバカ。これだけの走りが出来るのだから、いわゆる通常の市民マラソン大会に出場すれば、ぶっちぎりのトップにだってなれるはずだ。それなのにわざわざこの大会を選んだのには、きっと何か理由があるに違いない。世界のトップランナーと一緒に走ることで、自分の力がどれだけのものなのか試したかったのか。だとしてもバカだ。沿道を走るランナーなんて聞いたことはないし、もし完走出来たとしても記録には残らないのだ。むなしいだけじゃないのか。

それなのにあいつは走っている。現実に走り続けている。自ら苦難の道を選んで走っているようなものなのに……。

実況を続けながらも、謎の男に対する興味が激しく湧きだして止まらなかった。

「第一中継車の桜井さーん」

女性からの軽やかな呼び掛けに桜井はハッとした。その声を合図にしていたかのように、第一中継車は左側の未舗装の小道に入った。方向転換をするためだった。第一中継車は折り返し地点の手前で待機し、戻ってくるランナーを待って走り出すことになっている。

声の主は折り返し地点にいる、帝都放送の神林《かんばやし》麻衣《まい》だった。神林は今売り出し中の若手女性アナウンサーで、ゴールデンタイムの人気バラエティ番組のアシスタントをしているため、アイドル的な評価が全国的に広がりつつある。小動物を思わせる愛らしい顔立ちと、頬にくっきり出来るエクボに桜井もつい見惚《みと》れてしまったほどだ。今回同じ中継を担当するとあって知人からは羨《うらや》ましがられていたし、内緒だがサインも三枚ばかり頼まれていた。おそらく近いうちに、帝都放送を代表するアイドルアナウンサーになるだろう。そうなるとタレント的な扱いをされるようになり、桜井のような地方系列局のアナウンサーにとってはさらに遠い存在となる。

また帰国子女とあって英語も堪能《たんのう》で、この大会では外国人選手が優勝した場合のインタビュアー役も兼ねていた。アイドル並の人気女性アナウンサーが盛岡にやってくるとあって、今日は岩手県内のみならず、東北各地からファンやいわゆるカメラ小僧らがスタジアムにやってきているという。今頃はスタジアムの大型画面を見上げつつ、折り返し地点に行けばよかったと地団駄《じだんだ》を踏んでいることだろう。

「はい、折り返し地点の神林さんですね。どうぞ伝えてください」

桜井の返す言葉も、ついつい優しげになる。

「はい。二一・四キロにある折り返し地点です。えー、先頭の選手が見えてきました。その瞬間からスゴーイ歓声ですぅ。歓声を上げているのは地元のママさんランニングクラブの皆さん二〇人ほどでして、今日は一時間前からここに陣取って選手が来るのを待っていたそうです。ママさんたちが広げている横断幕には、ガンバレ中澤選手と大きく書かれていまして、皆さん中澤選手の大ファンということです。皆さん市民マラソンのベテランランナーなんですが、普段トレーニングで走っているこのコースが国際大会に使用されるということで、二週間前からボランティアとしてコースの清掃活動に取り組んできたそうでぇす。あっ、今、トップのムトゥリ選手が折り返し地点の三角ポールを回ります。続いて中澤選手。一際大きな声援が上がりました。そしてパットン選手、セルバンテス選手、少し遅れてパク選手の順でーす。選手の皆さん、力強い走りです。以上、折り返し地点でしたぁ」

「はい。折り返し地点は帝都放送の神林麻衣アナウンサーでした」

語尾の甘ささえ許してしまうほど可愛らしい神林麻衣のリポートに、桜井は自分の頰が少し緩んでいるのに気付き赤面した。だが頰が緩んでいるのは桜井だけではなかった。フロアディレクターの柳原も、だらしなくにやけた顔でスケッチブックを眼前に差し出してきた。ＣＭのタイミングだった。桜井は頷き、Ｑワードを告げようとした。その瞬間、神林が再び喋りだした。

「第一中継車の桜井さーん」

「はい？」

反射的に返事をしてしまった瞬間、桜井の頭の中をなにか嫌な予感のようなものが走った。

「神林さん、どうしました」

「えーと、あのですね、もう一人いたんですぅ。ただ、ちょっと変なんです。あの、最初は選手かと思ったんですけど、どうも違うみたいなんです。ナンバーカードに数字が書かれていませんし、コースではないところを走っていますから。でも選手と同じ格好で、先頭集団を追うように走っているんです。すみません、カメラさん、追えますかぁ」

神林の声にかかると、まるで催眠術《さいみんじゅつ》にでもかかったかのように、素直《すなお》にカメラが謎の男の姿を映し出した。ナンバーカードが真っ白の男の後姿が、モニターに大写しになる。

「あの選手、いえ、選手じゃありませんよね。えーと、あの人ですぅ」

ああ、と桜井はため息をもらした。ついに触れられてしまったのだ。いや、触れるのはかまわない。自分でもそろそろ触れねばと思っていたのだ。ただ先を越されてしまったのが、少しばかり悔しかった。ここまで来たらどんな風に取り上げてやろうかと考え出していたところだったのだ。桜井は開き直って顔を上げた。

「はい、わかりました。そうなんです。珍事という一言では片付けられないことが現実に起きているんですね。CMの後に詳しくお伝えします。第一回盛岡国際マラソン大会。この放送はみちのく放送をキーステーションに全国二十八局ネットでお送りしています」

軽快なジングルが流れ出し、画面がCMに切り替わった。桜井は再び大きなため息をつくと、フロアディレクターの柳原に向き直った。

「ヤナちゃん。CM明けからあの謎の男も一緒に実況するから、中館さんに言っといて」

「えっ、いや、それはいいですけど。大丈夫なんですかね、あの男」

「大丈夫って？」

「いえ、危ない人間とか変質者とか」

柳原は眉間《みけん》に皺《しわ》を寄せた。

「大丈夫だよ。そんな変な奴のはずがない。危険人物だったら、とうに事をしでかしてるだろうしさ。それどころか、逆に凄い奴だと思わないか」

「そりゃあ、本当にここまで走ってるっていうのなら」

「走っているんだ。あいつはずっと走っている。間違いない」

桜井は確信していた。そうでなければ、あんな不思議な気配など感じずに自分は実況していたはずだった。

「そういえば昔、当時のトップランナーだった瀬田《せた》選手が、ランニング中に熱烈なファンに追いかけられて襲われた事件がありましたよねぇ」

「ああ、あったな。瀬田選手のスピードに追いつけるくらいだから、そのファンをスカウトした方がいいって笑い話だろう」

「そう、そう。その話を思い出しちゃいましたよ」

「でも、あれは待ち伏せしたようなケースだろう。あいつは違う。もうすでに二〇キロ以上も走っているんだぞ。凄い奴だ」

桜井の確固たる口調に押されるようにして、柳原は唇を尖らせたまま頷き、インカムに向かって喋りだした。

「先生。先生も解説よろしくお願いしますね」

「本当にあの男のことを話す気ですか」

宇都宮は困ったような顔付きで聞き返した。

「もちろんですよ。どこの誰かは知りませんけど、素人だと仮定しても、ここまで走れる素人だったら凄いことですからね」

桜井が自信に満ちた口調で答えると、宇都宮は俯きかげんで首を横に振った。

「あれは素人の走りではありませんよ。もっともマラソンの場合、素人と玄人《くろうと》の線引きは難しいですけどね。プロかアマかと言えばアマなのでしょうが、あの走りは基礎がしっかりと出来ている。おそらくきちんとした指導者の下で走っているのか、かつて指導を受けたかしたんでしょう」

その返答を待っていましたとばかりに、桜井は間髪《かんはつ》容れず問い返した。

「先生。先生はやはりあの男を知っているんですね」

「いや」

宇都宮は即座に首を振った。

「本当に知りません。ただ……」

「ただ？」

「良く似た男を知っています。いや、知っていました」

「知っていました？」

「ええ。でも、その男のはずはありません」

「どうして。どうしてそう言い切れるんですか」

桜井の詰問《きつもん》に、宇都宮は片頬を引き攣《つ》らせるようにして笑った。なんだかひどく寂しげな笑いだった。

「いないんです、もうこの世には……」

「えっ」

宇都宮の意外な返答に、桜井は思わず言葉を詰まらせた。目の前の光景が一瞬白く歪《ゆが》んだ感じがした。

「まもなくＣＭ明けまーす。桜井さん。中館さんはＯＫだって。どうせやるならドラマチックに盛り上げてくれって。なんだかやたらとハイになってますよ」

柳原のいつものおどけた口調で、桜井は我に返った。

「そうか。うん。よし、わかった」

桜井はヘッドセット型マイクをかぶり直し、軽く首を振った後、再び正面を向いた。目の前には小型のモニター画面。その向こう側の上方には外が覗ける横長の四角窓。

桜井は息を吐いた。実に長々と吐いた。体の奥底から、何か重く澱《よど》んだものがスーッと抜けて行く感じがした。

アナウンサー生命を賭け、鼻息も荒く臨んだレースだったが、本当の実況は今から始まるような気がしていた。

「一〇秒前」

フロアディレクターの柳原が右手を上げた。

「五・四・三・二」

右手が素早く振り下ろされる。

「さぁ、レースは後半戦に入っています。先頭集団は折り返し地点を過ぎ、二五キロ地点に向かっているところ。道の反対車線を走ってくるのは、これから折り返し地点に向かう後続の選手らです。遅れた選手には目もくれず、先頭集団の五人は、ひたすら前を向いて走っていく。マラソンは己との戦いでもあります。トップは依然、ケニアのマイケル・ムトゥリ。その後ろにアメリカのポール・パットンと日本のエース中澤敏行がピッタリ並んで走っている。その二メートル後方にスペインのフリオ・セルバンテス。そして韓国のパク・ワンキはやや遅れた。トップからは一〇メートル以上離されました。大丈夫だとは言っていましたが、やはり脹脛の故障が影響しているのでしょうか。宇都宮さん、パクの走りはどうですか」

「明らかにおかしいですね。時折脇腹を指で押してますし。やはり急にハイペースになったんで、故障の影響が出てきたんだと思いますよ」

「たしかに苦しそうですね」

「故障箇所《かしょ》を庇《かば》いながら走っていると、別の箇所に反動といいますか、悪い影響が出たりするんですよ。そのパターンじゃないでしょうか」

「うーん、顔を歪めたパク。韓国では鉄人と呼ばれているベテランのパクですが、こうしている間にも、その差がどんどん開いていきます」

一五メートル、一六メートル……二〇メートル。四番手を走るセルバンテスとの差が、見る見るうちに開いていく。パクは苦しげな表情を浮かべながらも、懸命に食らいついていこうとしていた。しかし気持ちとは裏腹に、足はついていかなかった。

「パクが離されます。遅れた、遅れたパク。鉄人パク、脱落」

「予想以上に過酷なレースになりましたからね。ここで四人に絞られましたか」

宇都宮が低く唸った。

しかし桜井はそれに同意しなかった。まるで新人アナウンサーのように、溌剌《はつらつ》と声を張り上げて実況を続ける。

「いえ、五人の争いです。大会の優勝争い自体はたしかにこの四人の選手に絞られましたが、もう一人先頭集団に加わっています。テレビをずっとご覧になっていた方は、途中からお気付きになっていたかもしれません。実はスタート直後から、もう一人、謎のランナーが走っています。しかも彼が走っているのはコース上ではありません。沿道なのであります。カメラさん、ちょっと寄ってください」

桜井の指示で中継車のカメラが沿道に振られた。モニター画面に映し出される謎の男の姿。今度は斜め前の位置からの映像で、男の姿がしっかりと捉えられた。

「ご覧ください、この選手です。沿道の人垣の後ろを走り続けています。ナンバーカードは白いまま。大会に正式にエントリーしてはいないので選手と呼ぶのは憚《はばか》られますが、しかしあえて選手と呼びたいと思います。いえ、呼ばせてください。と言いますのも、信じられますでしょうか、この選手はハイペースで走る先頭集団にピッタリと食らいついているのです。しかも沿道を走っているというのにまったく走りにブレは見えません。あの韓国の鉄人パクでさえ脱落してしまうほどの、この過酷なレース。それも凸凹の激しい道です。とても素人とは思えません。どこかの実業団チームに所属している選手ではないかとも思われますが、それもあくまで推測です。正直、まったくわかりません。誰なのか。なぜ走っているのか。まったく謎です。謎の、名無しのランナーです。もしこの選手のお知り合いの方が見ていたら、どうぞみちのく放送まで御一報ください。情報お待ちしています」

テレビから流れる桜井の実況を聞き、真っ先に反応したのはインターネットの巨大掲示板だった。しばし沈滞気味だった実況スレッドの書き込みが、再び急激に活発になりだした。謎のランナーについての、当てずっぽうの人物像。只者《ただもの》では無いとの見方。また、目《こ》の肥えたマラソンファンは、似たような走りをどこかで見たと唸った。そして一番多いのは、よくぞ触れたと桜井を賞賛する書き込みだった。

二〇キロ地点・テレビ中継本部

「なんだか、面白くなってきたぞぉ」
チーフディレクターの中館は、濃茶色のメガネフレームの真ん中を人差し指で持ち上げながら、隣に座るスウィッチャーの鈴本《すずもと》に同意を求めるように笑いかけた。中館はこの全国放送の現場責任者の立場にある。入社以来テレビの制作畑一筋の中堅ディレクターで、スポーツ番組に限らず経験は豊富。番組コンクールなどでの受賞歴も多数あり、押しも押されもせぬ次期制作部長候補の筆頭であった。

「でも、本当にずっと走ってきたんですかね」

鈴本の言葉に、中館は間髪容れずに返した。

「桜井が言ってるんだから、そうに違いない。俺はあいつの目と勘を信じてるからな」

中館は当然のように頷いた。中館にとって桜井は三歳年下の弟分のような存在で、入社以来ずっとコンビを組んできた仲だった。誰よりも桜井を信じ、その能力を高く評価している。全国放送のメインを桜井が張れるように、裏で奔走《ほんそう》したのも実は中館だった。

「それよりあの謎の名無しのランナーだかって奴の情報は、本社の編成部を窓口にしてくれ。それで入ってきたら、次々にこっちに送ってくれるように言ってくれ。頼むぞ」

中館は椅子に座ったままのけぞると、後ろに立っている編成部の八重樫《やえがし》に声をかけた。

「わかりました」

助っ人に回されたのはいいが、それまで大した仕事もなく暇そうにしていた八重樫は、やっと自分の出番が来たとばかりに、電話をかけるため勢い良く飛び出して行った。

「スポーツは筋書きのないドラマだって言うが、本当だなぁ。さぁ、材料はそろったぞ、桜井。存分に料理してくれ」

中館は前を向きなおすと、再び引き締まった顔付きで正面のモニターを睨んだ。

これまで地方から面白い番組を発信しようと、人一倍努力し続けてきた。だが今回の桜井起用の件では、上層部の一部の人間が良くは思っていないとの話を聞いていた。次の人事異動で飛ばされるという噂もささやかれていた。しかし中館は覚悟を決めていた。その時はその時だと。

二〇キロ地点・大会運営本部

「なんだ、こいつ！」

テント内に世良の声が響き渡った。テントの一角に設置してあるテレビ画面を指差しながら立ち上がり、後ろに座る大久保を振り返った。

「なにが名無しのランナーだ。どういうつもりだ。大会を邪魔しようとしているのか」

「そんなことはないと思うっすけど……」

悠長に構えた大久保の返事が、余計に世良をいらつかせた。

「断言できるのか」

「いえ……でも、このペースで走っていたら、すぐにつぶれて立ち止まるに決まってますよ。どうせ素人なんすから」

「気に入らん」

世良は長テーブルを両手で叩いた。

「ここまで完璧なレース展開で来ていたんだ。水を差されてたまるか。とにかく止めさせろ」

これが問題になって、自分の昇進の道が閉ざされてはたまらない。少しでも悪い予感のする芽は、早いうちに摘《つ》むべきなのだ。

「えっ、止めさせるって。そりゃ、無理ですよ」

「なにが無理なんだ。レースを妨害《ぼうがい》しかねないおそれのある人物だぞ。実行委員会判断で出来るだろう」

「だったら委員長に判断を仰がないとやばいっす」

大久保は太い眉毛を八の字にして突っ立っている。

「いいから、黙って浦口と松川に行かせろ。俺の言うことが聞けないのか」

「いえ……行かせるのはいいっすけど、先頭集団に追いつけるかどうか……。道路は規制されてるっすよ」

「あのなぁ、蛇《じゃ》の道は蛇《へび》って言うだろう。地元のタクシードライバーなら裏道をいくらでも知っているはずだ。金を握らせれば、少しばかり危ない橋だって渡るもんだ。わかったな」

「えーっ……は、はい」

大久保はウィンドブレーカーのポケットから携帯電話を取り出し、のそのそと気乗りのしない様子でテントの外に出て行った。

「まったく使えねぇ奴だ」

吐き捨てるように言うと、世良は険《けわ》しい顔でテレビ画面に目をやった。

二〇キロ地点・佐野和夫《さのかずお》

盛岡市みたけにある古びた和風住宅の居間のテレビの前で、佐野和夫はしきりに首を傾げていた。

「このアンチャン……」

佐野には見覚えがあった。白いランニングシャツに黄色いランニングパンツ。黒いサングラスにボトルホルダー。愛犬の散歩の時に見かけた青年によく似ていた。なんだかよくわからないまま飛び出して行った青年だ。佐野は唸り声を発した。

国際マラソンの開催で、今日のスタジアム周辺は立ち入るのに規制がかかっていたが、隣接した佐野の家からだと抜け道があった。スタジアムは立派になったが、それを周囲の民家と隔《へだ》てる緑色のフェンスはまだ古いままなのだ。佐野の家の庭木と接する部分は金網が腐《くさ》っていて、そこから入り込めるようになっていた。茂った木立をくぐって行くと、すぐにスタジアムの南側ゲートに出る。愛犬を連れての散歩の途中で、佐野は見たのだ。スタジアムに轟《とどろ》いたピストルの音と同時に、一人の青年が走り出していくのを。白いランニングシャツに黄色い短パンをはいた青年だった。だが、その時はなんとも思わなかった。元々国際マラソン大会などに興味はなかった。世捨て人を気取っているわけではないが、ここ数年、世の中の騒ぎからは一歩退いて、冷めた目で見てしまう性質になってしまっていた。電気工事会社を定年退職後、請《こ》われて嘱託《しょくたく》として新しい現場で二年働いたが、どうやらその頃からそうなってしまったようだ。親子以上に年の離れた若者たちとの職場に、息苦しさを感じ出したのがきっかけだったように思う。昔かたぎの自分のやり方が、若い連中に受け入れられるとも思えなくなってきて、自分では一種の燃え尽き症候群のようなものだとも分析していた。職人肌の勤《つと》め人人生は朝も昼もなく、たしかに滅私奉公のようなものだった。だからこそ会社の中で振り返った時に、自分の足跡がおぼろげにしか見えなくなっていることに気付き潮時《しおどき》を悟った。

以来、庭弄《いじ》りと犬との散歩だけが楽しみで、町内会の付き合いなどは、すべて妻にまかせっきりである。

とはいえ、自宅の隣接地で行われている国際大会だ。時々スタジアムから溢れ出す歓声に耳を引っ張られ、斜に構えてのテレビ観戦と相成《あいな》ったのだが……。

「しかし、まさかなぁ……」

テレビでは謎の名無しのランナーと呼んでいる。

「どういうことだ？」

佐野はゴマ塩頭を中指で掻くと、ふたたび首を傾げた。

二〇キロ地点・高倉家

盛岡市郊外にある県営住宅の五〇三号室では、高倉奈穂美がやっと娘の美冴をベビーベッドに寝かしつけたところだった。普段なら寝つきの良いはずの娘が、今日はなかなか寝付いてくれず、子守唄をここまで何曲歌ったことか。もっとも子守唄は奈穂美の大好きな『ゆず』のヒットメドレーである。奈穂美は娘と一緒に『ゆず』のコンサートに行くのが夢だった。したがって今のうちから娘を『ゆず』のファンにすべく、半ば強制的に子守唄として聞かせているのであった。

「よっこらしょ、と」

奈穂美は中腰の姿勢から真っ直ぐ腰を伸ばした。囁《ささや》くように歌っていたとはいえ、もう喉はカラカラである。奈穂美は台所に向かい、冷蔵庫の中から健康飲料のペットボトルを取り出した。キャップを外すと、左手を腰に当てたまま一気に喉に流し込む。黙っていれば美人とよく言われる奈穂美だが、男勝りの気性は隠しきれない。もっとも夫の健次郎は、そんな自分の気性まで含めて惚れたのだと、いいように解釈していた。

「あー、生き返るなぁー」

オヤジ臭く満足げに息を吐き出す。それにしても、と奈穂美は隣家との壁を睨みつけた。窓を少し開けているせいもあって、隣家の声とテレビの音がやかましいほどに聞こえてくる。娘がなかなか寝付かなかったのも、そのせいであった。

「ホンマ、やかましなー」

何がおもしろいのか、何を興奮しているのか、隣室からはひっきりなしに甲高い歓声が上がっている。隣家は四人家族で、小学校六年生の長男と三年生の次男が大のサッカーファンらしく、日本代表の試合があると父親のダミ声も混じってこんな調子になる。そのたびに翌日になると隣家の主婦に謝られることになるのだが、実は奈穂美とてスポーツ中継は好きなので同じように歓声を上げながら見ているのだ。声を上げているのが一人対三人で、目立たぬぶんだけ助かっていたと言ってもいい。しかし、まだ昼間である。それに日本代表のサッカーの試合があるなんて、新聞のテレビ欄に載ってはいなかった。

「あっ、そうや」

奈穂美はふと思い出し、慌ててテレビのスイッチを入れた。

「サッカーちゃうわ。マラソンや。今日は盛岡でマラソンやってるんや。忘れてたわ。それ見て興奮してはるんやな、隣」

すぐにテレビ画面が明るくなり、お笑いタレントの顔がアップになった。

「ちゃうちゃう、これやない。うーんと、どれや……これや」

チャンネルを変えると、画面には先頭集団と思われる選手四人の姿が映し出された。実況のアナウンスに合わせるように、カメラが一人一人の選手の顔を大写しにする。その中に見覚えのある黒人選手と、日本人選手の姿があった。

「中澤や、たしかこの選手。知ってるわ、オリンピックに出てはったもん。優勝候補やわ。行け行けぇ、中澤！」

思わず声が大きくなりかけて、奈穂美は慌てて自らの口を手で塞《ふさ》いだ。ベビーベッドで寝ている美冴が一瞬唸ったような気がしたからである。やっと寝かしつけたばかりだというのに、すぐに起きられては何も出来なくなる。恐る恐る振り返って見ると、美冴は寝返りを打っただけで静かに眠っていた。

ほっとした奈穂美はボリュームを低めにして、テレビの前に座り込んだ。長いこと関西に住んでいた奈穂美だが、ノリの良さはラテン系に近いものがある。自分でもわかっているだけに、奈穂美は傍らにある丸いピンクのビーズクッションを抱きしめ、口に押し当てた。

二五キロ地点・中継車

「先頭集団は、まもなく二五キロ地点に達します。小岩井まきば園を過ぎて、選手の左手には小岩井農場のかつての本部が見えてまいりました。宮沢賢治が本部の気取った建物と評した洋館。この先が二五キロ地点となります。トップは依然、ケニアのマイケル・ムトゥリ。ピッタリ後ろについたアメリカのポール・パットンと日本の中澤敏行。その五メートル後ろを走るのはスペインのフリオ・セルバンテス。途中まで先頭集団を形成していた韓国のパク・ワンキの姿はありません。もはや肉眼で確認出来ないほど離されました。宇都宮さん、先頭の四人の走りはどうですか」

「ムトゥリがいいですね。独特の腕の振りも変わっていませんし、ストライドも大きいです。中澤君とパットンも悪くはありませんよ。ただ、中澤君は我慢比べしている感じですね」

「ええ。そろそろ飛び出したいような雰囲気に見えますね。でもまだ残り一七キロ以上もありますから、とりあえずムトゥリの出方を窺っているんでしょう。ムトゥリはだいたいいつも二五キロを過ぎて、三〇キロまでの間に仕掛けてきますからね」

「我慢比べですか」

「となりますと、この後ですね」

「得意のパターンですから、動くと思いますよ」

「なるほど。そしてセルバンテスはどうでしょう」

「うーん、ついていけますかね。けっこうキツイ走りになってきたように見えるんですが」

「たしかに眉間に深い縦皺が寄っています、セルバンテス。流れる汗を拭くのも辛そうに見えます。もはやスペインの陽気な伊達男の面影はありません。それでも離されまいと懸命に走るセルバンテス。そしてもう一人、沿道を走る謎の名無しのランナーの走りはどうですか」

謎のランナーは沿道上、ほとんどセルバンテスの斜め後方を走っている。

「いいですよ、異常は見られません。きれいなピッチ走法で、リズミカルに走っています。セルバンテスよりもいい走りですよ」

宇都宮は普通の口調に戻りつつあった。しかし謎のランナーについて話す時だけは、トーンが微妙に落ちた。それが気になる。やはり何かを隠しているような気がして、桜井は釈然《しゃくぜん》としなかった。

「そうですか。みちのく放送の本社の方には、この謎の名無しのランナーに関していくつか情報は入ってきているようですが、まだ確認はとれていません。依然、謎であります。さぁ、今、二五キロのラインを通過しました。トップはケニアのマイケル・ムトゥリ。手元の時計で一時間一五分二三秒。次いで中澤、パットンの順。少し遅れてセルバンテス、そして謎の名無しのランナーも今、二五キロを通過しました」

「第一中継車の桜井さん」

「はい、本部の田沼さん、どうぞ」

「はい。二五キロの正式タイムです。トップはマイケル・ムトゥリで一時間一五分二三秒。次いで中澤とパットンが一時間一五分二五秒。セルバンテスは一時間一五分二八秒。そしてもちろん非公認ですが、謎のランナーのタイムは推定一時間一五分二九秒です」

「はい。そうなりますと、宇都宮さん、ムトゥリは二〇キロから二五キロまでの五キロを一四分五七秒。さらに中澤はそれを一秒上回る一四分五六秒で走ったことになりますよ」

「そうですね。まだ一四分台を保っていますね」

「そして驚くべきことに謎の名無しのランナーも、ずっとあの位置をキープしているということは、一四分台で走っているということになりますよね」

「そうですね。信じられませんが……そうなりますね」

宇都宮は唸り声を発した。その驚きに嘘は感じられなかった。桜井は横目で宇都宮の表情を窺いながら首を捻った。

ムトゥリを先頭にコース上の四人は、二五・五三キロ地点にある給水ポイントに差し掛かった。早々と沿道寄りに位置取ったムトゥリが、真っ先に白いボトルに手を伸ばす。続いて中澤、パットン、セルバンテスの順。給水のため一瞬選手らのペースがダウンしたと思えた瞬間、レースに著《いちじる》しい動きがあった。

桜井はその瞬間を見逃さなかった。

「おーっと、ムトゥリが飛び出しました。給水のボトルを投げたのが合図だったかのように、ケニアのマイケル・ムトゥリがぐんと飛び出しました。まるで車のギアを入れ替えたかのように、一段とスピードをアップさせます」

「やはり仕掛けてきましたね」

「速い、速い。長い足を目いっぱい伸ばすようにして走って行きます。大きなストライド走法。そして独特のネジを巻くような腕の振り」

「いけませんよ、離されては」

「そうですね。さぁ、中澤はどうする。おっ、追いかけますね」

「そうです。ここは追わなければいけません」

「中澤が飛び出した。先頭のムトゥリを追う。さぁ、パットンはどうする。一瞬驚いたような表情を見せたパットンですが、うーん、追いません。中澤の背中を悔しそうにじっと見つめるだけ。その後ろのセルバンテスも追わない。さぁ、先頭のムトゥリと中澤の差は五メートルあまり。そしてその中澤とパットンとの差は、徐々に大きく広がりつつあります。すでに二〇メートル近く開きました」

「パットンは追わないのではなくて、追えないんでしょう。この五キロでかなりスタミナを消耗《しょうもう》してますからね」

「ということはセルバンテスも同様ですか」

「そうですね。まぁパットンの場合は、それでもまだ余力を残していると思いますから、体力の回復次第でこの先のペースアップも考えられます。ただセルバンテスの場合は、今の位置をキープして行くのが精一杯だと思いますよ」

トップのムトゥリを捉えていたテレビカメラが、二番手の中澤の姿を映すべくパンした。その瞬間、モニター画面の中に白いランニングシャツと黄色いランニングパンツの男の半身がチラリと映り込んだ。桜井は反射的に声を張り上げていた。

「おーーーっと、飛び出したのはムトゥリと中澤だけじゃなかったぁ。もう一人いました。あの謎の名無しのランナーであります。ご覧ください。沿道の人垣の後ろを、今も走り続けている謎の名無しのランナー。お前は誰なのか、なんのために走っているのかぁー。ここまで走り続けているだけでも驚くべきことなのに、この心臓破りの驚異的なスピードアップについて来ています。もちろん非公認でありますが、この画面の中だけの順位で言えば、なんと三番手になります。世界のトップランナーであるパットンやセルバンテスを抜き去り、今、謎の名無しのランナーが三番手。画面上、日本が誇る中澤の右斜め後方を力強く走っています」

冷静な実況中継が定評の桜井にしては、珍しいほど胸が高鳴っていた。心臓は早鐘《はやがね》を打ちだし、もはや痛いほどである。全身をくまなく巡る血液は、瞬間沸騰《ふっとう》したように熱かった。そしてその燃え滾《たぎ》る血が、自分の心の奥底に閉じ込められてある何かを、強引に引っ張りだそうとしているかのように感じられて仕方がなかった。

二五キロ地点通過・中澤敏行

二番手につけた中澤は滴《したた》る汗を拭《ぬぐ》おうともせず、前を行くムトゥリの細長い背中をじっと見つめていた。その差は約五メートル。

――フーッ、一瞬焦った。ムトゥリの奴、思ったよりも早く仕掛けてきたな。あそこで給水して、すぐか。おかげでこっちの給水が中途半端になってしまった。まぁ、いい。水分量は足りているし、足癖の悪いパットンからは離れることが出来たしな。パットンは、やはりいっぱいいっぱいだったな。

それにしても今日は本当に変だ。スタートしてからの一〇キロは、自分の体が自分のものじゃないみたいに不調だった。全身に薄い鉄の重りでも巻いて走っているような感じで、『棄権《きけん》』の文字さえチラチラ頭に浮かんできたほどだ。そうならずにすんだのは、あの東山って学生のおかげかもしれないな。感謝しなきゃいけないな。東山が突っかかってきてくれたから、それに意識を向けることが出来た。そうやってなんとか我慢して走っているうちに急に体が軽くなって、不思議なことにまるで羽が生えたみたいに楽に走れるようになった。

それにこの妙にワクワクした浮き立つ感じ。この感じは初めてじゃない。本当にしばらくぶりの感覚だ。あぁ、こんな感じでスタートから走れていたら、あの過酷だった真夏のオリンピックだって表彰台の一番高い所に立てたはずだ。長いこと忘れてしまっていた、この感覚……。

そうだ、思い出した。あいつだ。あいつと一緒に走った全国高校駅伝の時に初めて感じたんだ。都大路の町並みを颯爽《さっそう》と僕がトップで走り、後ろからあいつがヒタヒタと懸命に追ってきたんだ。あいつはたしかに速かったが、僕は決してトップを譲らなかった。この羽が生えたような感覚がある限り、負ける気がしなかったからな。事実、僕は花の一区で区間新記録を出した。

そうだ。大学に入って初めての箱根駅伝の時も、この感覚があった。思い出したぞ。あれは復路の九区だ。戸塚から鶴見までの二三・二キロで、僕は区間新記録を出したんだ。

しかし、あの時はあいつも区間新記録で、しかも僕の記録をわずかに上回った。

あの時は、本当に悔しかった。それで思ったんだ。もしかしてあいつにも羽が生えたんじゃないかって。それも僕より一回り大きな翼だ。まさかとは思ったが、確かめる機会は失われてしまった。そして……永遠にその時はやってこない……。

しかし、しかしだ。久々に蘇《よみがえ》ったこの感触。どうしてだ。あいつのお陰か。

不思議なことに、あいつの気配を感じるんだ。後ろからヒタヒタと追いかけてくる、あいつの気配。もしかして墓参りに行った僕を見て、走りたくなって出てきたりしてな、あいつ。

まさか、そんな馬鹿な話はないよな。いや、もしそうであってもいい。僕はあいつともう一度走りたかったからな。もう一度、サシで勝負がしたかった。もう、幽霊でも何でもかまわない。来い、追いかけて来い、みちのくの韋駄天。僕は二度と負けない――

二五キロ地点通過・高倉家

「えっ……ウソーーーーーーーッ！」

テレビに大写しになった謎の名無しのランナーとやらの姿を見た瞬間、奈穂美はクッションを口にあてがうのも忘れて大声を張り上げてしまっていた。しまった、と思う間も無く、後方のベビーベッドから美冴の弾《はじ》けるような泣き声が上がった。

「なんで、なんでやのー⁉」

娘の泣き声はもちろん耳に届いているのだが、体がまったく動かない。頭の中には無数の疑問符が次々と浮かんできては、ピンボールのようにあちこちにぶつかって弾かれて行く。奈穂美はあんぐりと口を開いた。

テレビ画面に映し出された男性ランナー。アナウンサーは謎の名無しのランナーと呼んでいる。白いランニングシャツと黄色いランニングパンツに見覚えはないが、細長いサングラスをかけているその顔に見覚えがあった。というか、ありありである。

「パパーーーーーーッ！」

決して見間違うわけがない。そこに映し出された男は、紛れもなく自分の夫の健次郎だったのだ。甲高い声に煽《あお》られたかのように、美冴の泣き声が一段と高くなる。

「なんで、なんでパパが走ってんの？　わけわからん」

奈穂美は頭が混乱したまま立ち上がり、とりあえず泣き声に誘われるようにフラフラとベビーベッドに向かった。ベビーベッドでは美冴が小さな両手を強く握り締めながら、顔をクシャクシャにして泣いていた。奈穂美は娘を慌てて抱き上げると、堰《せき》を切ったように早口で話しかけた。

「はいはい、ゴメンね。ビックリしたやろ。でもママもほんまにビックリやわ。っていうか、何が起きてるのか、ようわからへんねん。ほれ、テレビ見てみいな。パパや。なっ、パパやろ。美冴のパパ。ほんで、うちのダーリンや。なんであんなとこ走ってるんやろ。あっ、マラソン大会に出場してるんやな。それはわかる。そういえばパパは高校時代に長距離の選手やったって聞いてるからな。うんうん、って違うやろ。これは国際マラソン大会やないか。どえらい大会なんやから、出てたらおかしいやないか。それにパパは今朝、ゴルフコンペに行ったはずやで。スポンサーの社長はんと、今頃は雫石のゴルフ場にいるはずや。せやのに……なんでやねん。でもこれ、パパや。なっ、美冴もそう思うやろ。絶対、パパやでぇー」

奈穂美は美冴を抱きかかえたまま、何をしていいのかわからずリビングを右に左にウロウロするばかりだった。テレビからは実況をしているアナウンサーの声が、しきりに高く流れている。アナウンサーは夫のことを謎の名無しのランナーと連呼している。それが奈穂美には気に入らなかった。

「なにが謎の名無しのランナーや。ちゃんと立派な名前があるんや。この人は高倉健次郎。うちの夫やでぇー」

それだけを吐き捨てるように叫ぶと、奈穂美は美冴を抱いたまま、テレビの前に力なく座り込んだ。かすかに眩暈を感じている。

「なんで……なにしてんの。ゴルフに行ったんとちゃうのん……」

奈穂美は力なく呟いた。テレビの中の夫の顔を呆然と眺めていると、急に腹が立ってきた。夫は今朝も、いつものようにゴルフコンペに行くと言って出掛けたのだ。その姿はベランダから確認している。それが行っていないとなると、嘘をついたことになる。結婚する時に、決してお互いに嘘をつかないことって約束したくせに……。

奈穂美の胸にふつふつと怒りにも似た感情が湧いてくる。

小学生の頃、親友だと信じていた同級生に嘘をつかれひどく傷ついて以来、奈穂美は嘘が大嫌いになっていた。トラウマと言ってもいい。

しかし、なぜマラソンなのだろうか……。

冷静になって考えれば、思い当たる節《ふし》はいくつかあった。

二年ほど前、急に始めた早朝ジョギング。夫はゴルフ上達のための軽い体力作りと言っていたが、あれはそのままマラソンのためのトレーニングだったのだろうか。もしかしたら土日の打ちっ放しの練習場通いだって嘘かもしれない。何時間もボールを打ちっ放しで練習している割に、洗濯機に突っ込まれたゴルフウェアは大して汗を吸っていなかったからだ。でもゴルフをしない奈穂美は、そんなものなのだろうと、大して疑問に思わずにきていた。あれはきっと、あの白いランニングシャツと黄色いランニングパンツに着替えていたせいかもしれない。しかし、そんな汗を吸ったシャツとパンツを、夫は一度も洗濯機に突っ込んだことはない。ということは、自分でこっそり洗濯していたことになる。その姿を想像しただけで、なんだかやりきれない気持ちになってくる。

結局、騙《だま》されていたのだ。そんな気持ちがにわかに襲ってきた。

マラソンがしたいならしたいと打ち明けてほしかった。いい年をしてと笑うくらいで、別に反対などしない。走りたければ走ればいい。だから自分にだけは正直に言ってほしかった。夫婦になってまだ日も浅い二人だけど、夫婦ってそういうものじゃないのと、奈穂美は心の中で叫んでいた。

裏切られた気分。怒るよりも、悲しかった。腹は立っているのだが、言葉より先に涙がとめどなく溢れてくる。胸に抱きしめた美冴が、不思議そうな顔で奈穂美のことを見上げている。

「ごめんね、美冴。ママ、なんだか悔しくて、涙が出るねん」

奈穂美は美冴を強く抱きしめた。少し苦しかったのか、美冴は小さな手を伸ばし、奈穂美の顎《あご》に触れた。その手が涙を拭いてくれているような気がして、奈穂美は胸が切なくなった。

「ごめんね、ホンマごめん」

抱きしめた体を揺すると、美冴はかすかに笑い声を上げだした。その笑い声に続いて、口が縦に動いていた。

「マンマ……」

「えっ……今、ママって言うたな。なぁ、ママって」

「マンマ……ママ」

「うわーっ、喋った。美冴がママって言うたで。パパ、聞いたか。マラソンしとる場合じゃあらへんで、まったく」

ブツブツ言いながらも、テレビに時折映る夫の顔に美冴の顔を近づけてみる。何度かそうしているうちに、アナウンサーの声のトーンが一段と高くなった。まるで鬼の首でも取ったかのような勢いで、アナウンサーが喋りだしたのだ。奈穂美は少しボリュームを下げようとして手を伸ばした。しかし、その手が途中で止まった。

二七キロ地点・中継車

「わかりました。謎の名無しのランナーの正体です。たった今、確認が取れたと、本社から連絡が入りました。謎の名無しのランナーの正体は……高倉健次郎さんと思われます。情報です。名前を聞いて、今私も思い出しました。高校時代の同級生の方からの盛岡市の広告代理店勤務で、三十一歳。職場の同僚の方と、高校時代の同級生の方からの情報です。名前を聞いて、今私も思い出しました。かつて全国高校駅伝で話題になった、盛岡桜《さくら》ヶ《が》丘《おか》高校の双子のランナー。その弟さんの方ですね。陸上ファンなら覚えているはずです。双子の兄の高倉健太郎《けんたろう》選手は『みちのくの韋駄天』と呼ばれ、全国高校駅伝の花の一区で、今走っている中澤選手と歴史に残る大接戦を演じました。その後、関東体育大学に進学。あの伝統の箱根駅伝でも一年生の時からエース級の活躍を見せ、当時すでにオリンピック候補と評されていたこの中澤選手の記録を上回り、新たな天才ランナーとして俄然《がぜん》注目されました。たしか驚異的な区間新記録も出したはずです。しかしその後……えー……残念なことに不慮の事故で、二十一歳という短すぎる生涯《しょうがい》を閉じたのであります」

桜井が一気にまくし立てると、宇都宮は沿道を見つめたまま低く唸った。桜井は手元に届けられた資料を広げながら続けた。

「当時、日本の陸上界は、天才ランナーの夭折《ようせつ》を心から惜しみました。まさに伝説の天才長距離ランナー、高倉健太郎選手。その双子の弟の健次郎さんが、なぜか今走っているのです。正式にエントリーしたわけでもなく、真っ白いナンバーカードを着けて、黙々と沿道をひた走っています。なぜこういう形で走っているのか、理由はまったくわかりません。この弟の健次郎さんも、兄の健太郎さんほど目立った存在ではありませんでしたが、注目株の長距離選手でした。手元の資料によりますと、全国高校駅伝は五区を走り、区間四位の成績を残しています。その後は兄とは別の明法《めいほう》大学に進みました。法律の勉強に興味があって、一般受験で明法大学に進んだということです。しかし入学後、当時低迷していた陸上部から強引に勧誘され、助っ人という形で駅伝に出場しました。予選会から勝ち上がった箱根駅伝では、通称『山登り』と言われる小田原《おだわら》から箱根までの五区を二年連続で担当。二年生の時には区間新記録を達成し、一躍『山登りのスペシャリスト』と呼ばれました。しかしその後突如《とつじょ》陸上競技を止め、大学長距離界から姿を消しました。一説には、兄の健太郎さんを亡くしたショックが大きかったためと言われていますが、真相は定かではありません。それだけ話題になった選手だというのに、思い出せなかったのはまさに私の不徳のいたすところであります。あれから十年以上の年月が経ち、サングラスを掛け、髪を伸ばしたとはいえ、たしかに走るフォームは双子のランナーとして騒がれていた当時を思い出させます。しかし競技を続けているとは思いませんでしたし、故郷の岩手に戻ってきていることも知りませんでした。いや、公式の大会に出ていれば、必ず私の耳にも届いていたはずです。いやー、宇都宮さん、あの、高倉健太郎選手の弟さんでしたよ」

桜井は、あの、のところにわざと力を込めた。それは宇都宮に対するいささかの当てつけのつもりでもあった。

放送に乗らない時間帯に問い詰めた時、宇都宮は似た走りをする男を知っていたと答えた。そしてその男はすでにこの世にいないのだと。それは高倉健太郎のことだったのだ。

宇都宮は健太郎の大学の先輩にあたり、亡くなった当時は直接指導するコーチの立場にあったはずである。マンツーマンで指導にあたり、公私にわたって面倒を見たとも聞いている。それならば弟の存在も当然知っていたはずである。亡くなってすでに十年以上経っているとはいえ、宇都宮が健太郎のことを忘れてしまったとはどうしても思えなかった。ならばなぜ弟のことを思い出せなかったのか。まさか忘れたフリをしていたのか、それともあえて忘れたかったのか。

桜井は抑えようとすればするほど、噴き出すように湧き上がってくる疑念と戦っていた。そして当時一部のスポーツ新聞に掲載された記事をふと思い出し、ハッとした。それはドーピングの噂だった。

ドーピングとは、スポーツ選手が薬物などの不正な手段によって、競技成績を上げようとする行為のことだ。もちろん国際オリンピック委員会を始めとした各競技機関により禁じられている。それなのに実例や噂が後を絶たないのは、スポーツにおける勝利至上主義が蔓延《まんえん》しているからだ。

スポーツは今や企業にとっても選手にとっても金が飛び交う場と化し、オリンピックなどはまさに巨大なマーケットとも言えた。アマチュアイズムもどこへやら、世界記録一つで巨額な金が右から左に動く世界なのだ。薬物に頼るという危険を冒してまでも、金と地位と名誉を目指す者がいるのもまた事実だった。

しかし素顔は田舎《いなか》出の気のいい純朴《じゅんぼく》なランナーと評されていた高倉健太郎とドーピングは、どうしても結びつかなかった。

当時高倉健太郎は練習地の伊豆《いず》で、崖《がけ》から足を踏み外して亡くなったと伝えられた。警察は転落死として処理し、不慮の事故として報道されたのだ。だが実際はドーピングを苦にし、自ら命を断ったのではないかという噂が流れ、その陰にコーチの宇都宮の存在が囁かれたりもしたのだった。しかし司法解剖の結果、遺体の血液から薬物は検出されず、ドーピングの噂はすぐに否定された。それでもまだとやかく書くスポーツ記者もいたが、やがて新聞での扱いも小さくなっていった。亡くなった者のことは悪く言わないという、日本的慣習の影響も大きかったのだ。

桜井は上目遣いに宇都宮の表情を覗いた。宇都宮は下唇を嚙み締めながら、じっとモニター画面に映し出される高倉健次郎の姿を見つめていた。その視線はどこか懐《なつ》かしそうでもあり、またひどく辛そうでもあった。

フーッと細く息を吐き出した後、宇都宮はかすかに唇を動かした。

「高倉……たしかにフォームがよく似ているとは思ったんですが……有り得ないことですから、他人の空似《そらに》だと。それに弟さんの存在は、すっかり忘れていました。でも、まさか……」

それだけを呟くように吐き出すと、宇都宮は瞼《まぶた》を閉じた。その眦《まなじり》からいきなり涙が溢れ出し、糸を引くように頰を伝っていった。頰を伝った涙は尖った顎の先でまとまり、実況席に置いた資料の上に小さな滴《しずく》となって落ちた。宇都宮の横顔は何かに耐え、何かを忍び、その何かにじっと悔いているようにも見えた。

まるで懺悔《ざんげ》でもしているような宇都宮の姿に、桜井は声を掛けそびれ、軽く咳払《せきばら》いした。触れてはいけない何かを、宇都宮はずっと抱いているのだと強く確信した。桜井は再び前を向きなおし実況に戻った。

中継車内・宇都宮昭彦

隣にいる桜井の声を遠くに聞きながら、宇都宮はまだ瞼を閉じていた。

――健太郎は私の宝だった。現役を辞めて指導者に転身した私が、やっと出会ったダイヤモンドの原石だった。クリクリの坊主頭で、訛《なま》っていて、いつもニコニコしている気のいい奴だった。それがあんなことになるなんて、まったく予想もしていなかった。

私はあいつを早く世界に羽ばたかせたかった。そのために貧血気味の体も治してやりたかったんだ。だから食事療法に漢方。いいといわれるものは、なんでもやった。

血液ドーピングも、その一つの方法だった。すでに禁止行為になってはいるが、私の現役時代には試した奴がかなりいたはずだ。決して口には出せないが、私だってその効果は体で知っている。競技の数ヶ月前に血液を抜き取り、赤血球の不足した状態を人為的に作り出す。その状態に順応させた上でトレーニングを重ね、競技の直前に輸血することで赤血球を増大させるのだ。赤血球が増えることで酸素摂取《せっしゅ》量が増え、運動能力は一気に高まる。いわゆる高地トレーニングをしたのと一緒の効果が得られるのだ。しかも自分の血を戻すだけなので、ドーピング判定も難しいと言われていた。

危険なアナボリックステロイドのような筋肉増強剤や、エフェドリンのような交感神経興奮剤を使ったわけじゃない。ただ、自分の体内を流れる赤い血を使っただけなのだ。

血液分析機による検査以降難しくなったが、あの当時はまだ抜け道だらけだった。だから私は密《ひそ》かにチームドクターと話し合い、ゴーサインを出した。合法だと言って、嫌がるあいつを説得し血を抜かせたのだ。

当然その間レースには出させなかった。様子を見ていたんだ。

血を抜いた状態に順応しだしてからしばらくして、そろそろいいだろうと出した記録会で、あいつは予想以上の走りを見せてくれた。もちろん競技会前に血は戻した。すべて私の計画通りだった。

しかし、あいつの真っ白な心までは計算外だった。あいつは見かけとは裏腹に、完璧なほど潔癖《けっぺき》な奴で、もろすぎるほど繊細《せんさい》な神経の持ち主だった。世界の頂点を狙うには心があまりに綺麗《きれい》すぎた。血液ドーピングが不正行為であることを知って、良心の呵責《かしゃく》に耐えられなくなってしまったのだ。

おまけに信じていた私に嘘をつかれたことによる人間不信。

たとえ自分の血とはいえ、肉体が汚染されたような気がして許せなかったのだとも言った。自棄《やけ》をおこして暴れ、やがて合宿所の部屋に引きこもって、もぬけの殻《から》のようになってしまった。それでも私は立ち直ることを信じていた。あいつだって世界を目指すために必要なことなのだと、理解してくれるはずだと。

そんなある日、あいつは合宿所から突然消えた。そして見付かった時は、ゴツゴツした岩だらけの伊豆の海岸で、すでに冷たくなっていた……。足を滑らせて落ちた不慮の事故とのことだったが……あいつをそこまで追い込み、殺してしまったのは、私だ……。

そうして私は大学を去った。保身に走った監督に迫られ、辞表を出したのだ。もうどうでもよかった。私は一番大切なモノを失ってしまったのだ。二度と出会えないであろう、ダイヤモンドの原石を……。縁のある人に声を掛けられ、今は陸連のコーチ職に就《つ》いてはいるが、拭いきれぬ喪失感《そうしつかん》を抱えたままではろくな指導など出来るわけがない。こうして解説を引き受けているのも、暇だからお鉢が回ってくるっていうだけの話だ――

宇都宮の固く握り締められた手に、さらに力が込められる。両の手のひらには爪が深く突き立てられていた。叫びたいほどの衝動に駆られながら、宇都宮はゆっくりと目を開いた。目の前の四角いモニター画面の輪郭《りんかく》が涙で滲《にじ》んで見える。桜井の小気味の良い実況が、そんな宇都宮を現実の世界に強く引き戻そうとしていた。

二九キロ地点・中継車

「さぁ、中澤がスーッと前に出た。ムトゥリに追いつく。並んだ。並びました。二九キロ地点だ。驚いたようにムトゥリが横を向いて、中澤の姿を確認した。中澤はじっと前を見ている。大きなストライドのマイケル・ムトゥリ。広い歩幅を積極的に保っている。一歩一歩に、しっかりとしたパワーが感じられます。そして小さくピッチを刻んでいる中澤敏行。こちらは抜群の安定感です。両雄がピッタリと肩を並べました。そして、そしてもう一人。沿道を走る高倉健次郎選手。ここまできたら視聴者の皆様のお叱《しか》りも覚悟の上で、あえて、あえて選手と呼ばせていただきます。さぁ、その高倉も懸命に二人を追います。離されません。高倉も速い足の運びでペースを維持している。五メートルほど斜め後方の沿道を、驚異的な走りで追いすがります。それにしても、まったく信じられません。高倉に関しては、少なくともここ十年の間、国内外の大会に出場した記録がまったく無いのでありますす。この十年間、どの大会にも出場せずに、一人黙々とトレーニングを積んでいたということでしょうか。しかし、なんのために。いや、もしかしたら、この大会のために、なのではないでしょうか。なんとなく、そんな気がしてくるのであります。彼らの後ろに続く者は無し。後続の選手は、肉眼では確認できません。さぁ、選手は後一キロほどで、つなぎ十文字の交差点に差し掛かります。国道四六号線との交差点で、そこが三〇キロ地点となっています」

二九キロ地点・高倉家

「えらいこっちゃ。なんだかようわからへんけど、パパがすごいことになっとるわ、美冴」

奈穂美は興奮していた。込み上げてくる胸の鼓動に耐え切れず、美冴を抱いたままテレビの前を母熊のようにウロウロと歩き回っている。

アナウンサーが説明していた健次郎のスポーツ選手としての経歴。奈穂美にとっては、初めて聞く話がほとんどだった。亡くなった双子の兄の話も、もちろんある程度は知っていたが、健次郎があまり語ろうとしなかったので強引に聞き出したりはしなかったのだ。もっとも健次郎の両親にとっては、心底自慢の息子だったようだ。初めて高倉家へ挨拶に行った時には、弟の健次郎がいる前で平気で亡くなった兄の自慢話を延々とされ、いささか閉口したほどだった。おそらく兄の健太郎は親に溺愛《できあい》されていたのだろう。そして健次郎はというと、そんな兄をもしかしたら憎んでいたのではなかったのだろうか。そんな風にさえ奈穂美は感じていたのだった。

それにしても、と奈穂美は思った。自分は夫である健次郎の何を知っていたのだろうか。同じ屋根の下で暮らし、愛し合い、その愛の結晶まで授かった。それなのに自分は夫のことを知らなさすぎた。

陸上の長距離競技をしていた頃のエピソードは、結婚披露宴での夫の友人たちのスピーチで初めて知った。それでも夫がかつて駅伝の名選手だったなどとは、やはりにわかには信じられなかった。なにせスキーに誘えば苦手だからと断り、ボウリングに行けばガターを連発。とてもスポーツが得意だとは思えなかったからだ。

それに新郎を褒め称《たた》えるその手のスピーチとて、夫は高砂《たかさご》の席で居心地悪そうに半《なか》ばそっぽを向くような形で聞いていた。まるで思い出したくもないといった顔つきで。だからもしかしたらレース本番で、何か大きなヘマでもしでかしてしまったのではなかったのかと勘繰《かんぐ》ってさえいた。いずれにせよあまり触れられたくない話なのかもしれないと、直接聞くのを遠慮していたのだった。

奈穂美はストレートな性格ではあるが、人を思いやる優しさは人一倍持っているつもりだった。言いたくないことは、無理に聞いたりはしない。聞かぬ優しさというのもあるのだと思っていた。それなのに……。

こうなったら、面と向かって聞かなきゃならない。はっきり問いただしてやる。訊ねたいことは山ほどあるのだ。

「結局、みんなウソつきや。ウチが何も知らん思うてバカにしとるんや」

なんだかまたにわかに腹が立ってくる。そんな奈穂美の胸に抱かれた美冴が、モゾモゾと腕の中で動き出した。

「パァパ……」

「うわっ、今度はパパって言うたでぇ」

奈穂美は急に目頭が熱くなった。一歳を過ぎてもなかなかしゃべりださないことを、実は心配していたのだ。他の子供と比較しないように振るまっていたのだが、本当は気になって仕方がなかった。それが一気にママとパパである。

またポロポロと涙がこぼれてくる。それは喜びと怒りと悔しさが入り混じった涙で、自分でもどうしたらいいのかわからなくなっていた。だが、こうなると奈穂美は一種独特の強さのようなものを見せる女でもある。関西育ちの底力と言おうか、土壇場《どたんば》で開き直れるタイプなのだった。

「よーし、わかったわ。行こか、美冴。パパに会いに行こう。行って、なにしとんねんて問い詰めてみようや。ほんで、パパって言葉も聞かせてやろか。改心するかもしれんしな。もう、ウソつきは嫌いやけど、ここまできたらトコトンついてもらわんとな。ほんで、ウソの最後をウチらで見届けてやろ」

奈穂美はテーブルの上に置いてある電話機の子機に手を伸ばした。マニキュアが剝《は》がれかかった親指を器用に使い、メモリーに打ち込んである電話番号を次々に表示させる。

「あった」

小さな液晶画面に現れたのは、健次郎がいつも仕事で使っているタクシー会社の名前だった。

三〇キロ地点・中継車

インターネットの世界では、賑やかな書き込みが相次いでいた。中でも巨大掲示板は極めて活発だった。中澤とのワンツーフィニッシュを望む声。そろそろ脱落するだろうという見方。そしておもしろおかしく揶揄《やゆ》する発言の数々が、瞬時に飛び交いまくっていたのだ。

インターネット上の掲示板では、ほとんどの書き込みが匿名《とくめい》である。したがって人となりは発言から推測するしかない。嫌なタイプの人間だなと思っても、その発言の中には実に的を射ているものもあったりする。中には日本陸連の関係者ではないのかと思われるほど、内部事情に詳しい書き込みもあった。

そんなマラソンの掲示板にはいわゆるオタク系の書き込みも数多くあったが、明らかに実技経験者と思われる人物からの書き込みが、この時間になってやたらと目につきだしていた。そういった人々はしきりと給水の重要性や、脱水症状の危険性を訴えだしていた。

「さぁ、間もなく三〇キロ地点を迎える三人の選手ですが、沿道を走る高倉選手が少し遅れだしたように見えます。サングラスを掛けているため、表情ははっきりとは読み取れませんが、今までとは明らかに違うように感じられます。ちょっと口が開いてきました。うーん、宇都宮さん、やはりそろそろ限界ですかねぇ」

宇都宮は首を傾げながら答える。

「おそらく水分補給が足りないんじゃないですかね。腰につけたボトルに手を伸ばしていませんから、もしかしたら空になってしまったのかもしれませんよ」

口調はあくまで冷静だった。しばし沈黙の時間が過ぎた後は、平常時の宇都宮に戻った気がして、桜井はほっとしていた。なにか吹っ切れたような、いや、むしろ吹っ切ろうとしているような、そんな横顔に見える。そしてその目は、高倉の走りを凝視《ぎょうし》している気がした。

「なんと、水分不足ですか。たしかに給水ポイントには立ち寄れませんからね。そうなりますと、このまま走っていたら危険じゃないですか」

「ええ、脱水症状を起こす恐れもありますね。マラソンでは一般的に、喉が渇いてからでは遅すぎると言われています。終盤のペースダウンを防ぐためにも、常に早めの給水を心がけるべきなんですがねぇ」

「うーん、これはかなり辛い状況になってきました。正式な出場者ではありませんので、危険な場合は止めるべきだと思いますが……それでも走り続けるのか、高倉健次郎選手！」

三〇キロ地点・中継本部

「なんだってぇ。もう一回言ってみろ、八重樫」

中館は椅子から立ち上がり振り返ると、後ろに立つ八重樫を睨みつけた。

「だから、ボクが言ったんじゃないですよ。東京支社長からの連絡です」

「東京支社長ったら、山田《やまだ》さんか。なんてこった」

中館は頭を抱えた。たった今、東京支社長から入った連絡とは、あろうことか高倉健次郎を映さないでくれとの依頼だったのだ。

「とにかく、腰のペットボトルがＮＧなんだそうです。この放送の協賛スポンサーになっている大手製薬会社とはライバル社のドリンクらしくて。それでスポンサーの宣伝部長が怒って電話してきたみたいで。支社長も泣きそうでしたよ」

「くそぉ……今さらそんなこと言われてもも。おい、鈴本、お前は気付いたか」

「言われてみれば、たしかに。アップにした時に映りましたね」

「なんてこった。しかし今さら映さないなんてことが出来るかよ。ここまで盛り上がっているんだぞ。視聴者だって納得しないさ。くそぉ……ん、そうだ。応急処置だ。とりあえず桜井が高倉に触れた時は、上半身だけ映すようカメラに指示してくれ。絶対に腰のボトルは映すなと。給水しようとしたら、カメラを切り替えろ」

「了解しました。で、この件は、桜井さんの耳には」

「入れなくていい。あっ、ヤナちゃんにだけは伝えてくれ。それで、桜井は実況に集中させろと」

「了解」

「それと八重樫。お前はスタジアムにいる制作本部長に事の次第を知らせてくれ」

「わかりました」

八重樫はまた矢のように飛び出して行った。

「まいったなぁ。しかし、高倉健次郎さんよぉ……あんたも広告業界の人間なら、それくらい気をつかえよ。それとも、こうなっちゃったのは想定外なのかぁ……」

中館は珍しく弱音を吐くと、こめかみを激しくもみだした。

三〇キロ地点・大会運営本部

「大久保、どういうことだ。まだこの男が走っているじゃないか」

テント内に戻ってきた大久保を睨みつけながら、世良はパイプ椅子にふんぞり返った。

肌寒いはずなのに、大久保の額からは汗が流れている。

「命令どおりに浦口と松川に行かせたっすよ。でも、ものすごいスピードで走ってきて、スルリと抜けてったそうで……」

「バカか、お前ら」

「いや、浦口はラグビー経験者っすから、今度こそ捕まえます。あの、また先回りさせてますんで、今度こそ」

「ラグビー経験者なら、タックルだろ。とにかく止めろ。何があっても止めろ。この大会が何事もなく完璧に終わってこそ、我々の手柄なんだ。いいか、これ以上レースを乱させるな」

「は、はい」

「あっ、そうだ」

世良は妙案を思いついたとばかりに手を叩いた。

「桜小路にも頼め。あいつは盛岡生活が長くて顔が広い。たしか警察の上の方にも知り合いがいるって言ってたぞ。誰でもいいから手を回させて、あの男を止めろって伝えろ。それにさっき地元の広告代理店勤務って言ってたな。どこの社か調べて、そいつらにも止めさせろ。圧力をかければいい。とにかく止めるんだ。なんなら俺が電話する」

「はい」

大久保は慌ててテントを飛び出していった。

三〇キロ地点・三浦竜平《りゅうへい》

黒いセルフレームのメガネを鼻先に乗せ、寝ぼけ眼《まなこ》で一七インチの薄型液晶テレビを眺めていた三浦竜平は、まだ夢の続きを見ているような気がしてならなかった。目の前の四角い画面の中で繰り広げられている光景が、とてもじゃないが現実の世界の出来事とは思えなかったからだ。

何度も瞬《まばた》きをする。二回ばかり目をこすってもみた。だが、たしかに画面の中で走っているのは、同じ職場の先輩である高倉主任に間違いなかった。

「なして……なして主任が……？　そんなわけねぇべ……」

朝の五時までスポンサー企業の若手社員らとマージャンをしていたせいで、なかなか頭がすんなりと機能してくれなかった。

母親に会社の先輩らしき人がテレビに出ていると大声で叩き起こされても、まだ夢うつつの状態が続いていた。そんな馬鹿なことあるわけがないと言い返したが、母親は似ていると言って聞かなかった。たしかに高倉主任は一度だけ家に来たことがあって、母親にも会ってはいる。だが所詮は他人の空似だろうと言い返そうとして言葉を飲み込んだ。アナウンサーが連呼した高倉という姓。大写しになったその顔。たしかに主任の姿がそこにあるとしか思えなかったからだ。

鈍った頭を鷲掴《わしづか》みにして小刻みに揺するように、アナウンサーの実況が確実に耳に飛び込んできている。

「そういえば……」

思い当たる節《ふし》があった。

高倉主任が長距離選手だったということは、新入社員歓迎会の席で上司から聞かされていた。とっくに走るのは止めたとも聞いていた。それなのに高倉主任はマラソンの専門誌をいつも営業用バッグの中に隠し持っている。三浦は新人営業マンとして高倉主任の下に配属され、勤務時間内はピッタリと離れずくっついていたから知っているのだ。

通信販売でトレーニングシューズらしき物を購入し、会社宛で受け取っているのを見たこともあった。さらに昼休みに会社の屋上で、入念にストレッチ運動をしている姿を何度か目撃したことも……。

三浦はハッとした。この夏の些細《ささい》な出来事を思い出したのだ。夕暮れの盛岡城跡公園。クライアントとの夜の打ち合わせまでは一時間近くあって、時間つぶしに石垣の下のベンチでアイスキャンディーを舐《な》めていた時のことだ。まだ夕焼けの残る街を背景に、遊歩道を走る一人のランナーを見かけたのだ。木々の間から覗くそのシルエットがふと高倉主任のように思えて、三浦は中腰になった。だがそのランナーは風のように遠ざかって行き、確認しようにも出来なかった。その後時間通りに待ち合わせ場所に向かったのだが、やってきた高倉主任はいつもと変わらぬ風体だったので、やはり人違いだろうと決め付けたのだ。その時の高倉主任の体からは、ほのかにオーデコロンのいい香りがしたりしたものだから、おそらく女の所へでも行ってきたのだろうと邪推《じゃすい》していた。もちろんそのことを三浦は誰にも言わなかった。後輩の面倒見が良くて責任感の強い高倉主任を、仕事面では人一倍尊敬していたからだ。三浦があわや大失敗をしでかしそうになった時に、水際で防いでもらったことを恩に感じていたせいもある。それに仕事が出来てルックスもいい高倉主任ほどの男だったら、愛人の一人二人いたっておかしくないとさえ思っていた。童顔で肥満体、しかも仕事もうまく覚えられない三浦にとって、高倉主任は嫉妬《しっと》の対象ではなく、紛れもなく憧れの存在だったたのだ。

しかし自分は大きな勘違いをしていたのかも知れない。あのオーデコロンの香りが女ではなく、トレーニング後の汗臭さを消すためのものだったとしたら……。

「やっぱりあれは、高倉主任だったんだぁ！」

三浦は薄い掛け布団を放り投げて飛び起きた。上下ともパジャマ代わりの茶色いスウェット姿。髪の毛は爆発したように逆立《さかだ》っている。その恰好のまま、三浦はテレビの前に仁《に》王《おう》立ちした。頭の中でアナウンサーと解説者の会話がエンドレステープのように何度も繰り返される。

「水分補給だ！」

三浦は思い出したように叫ぶと二階の部屋を飛び出し、階段を激しく軋《きし》ませながら一気に駆け下りた。台所に飛び込むと、勢いよく冷蔵庫の扉を開き、ヌッと顔を突っ込む。積み重ねられた豆腐や納豆の三個パックの奥に、目的の物の一部が見えた。

「あったじゃ、これだ！」

会心の笑みを浮かべながら三浦は納豆の三個パックを抜き取り、その奥に寝かせていた白い五〇〇ミリのペットボトルを取り出した。ボトルには『スズメ蜂スポーツウォーター』と書かれたラベルが貼られている。スズメ蜂のエキスが存分に入っていて、疲れの目安になる乳酸値の上昇を抑え、血流を促進させる効果もある飲料だ。一年前に地元の老舗《しにせ》養蜂場が開発した商品で、この売り出しキャンペーンを三浦は高倉と共に担当していたのだった。

「高倉主任、今行ぎますから」

納豆のパックを放り入れ、扉を閉めながら三浦は呟いた。

三浦の自宅は滝沢市大釜風林《おおがまかざばやし》の古い住宅地にあった。マラソンのコースである国道四六号線からは、一〇〇メートルばかり奥に入った場所だ。走ればすぐに国道に出られる。

先ほどテレビに映っていた場所は、雫石寄りの隣の地区のようだった。だとすれば先頭の選手は間もなくこの地区に差し掛かるはずだ。

三浦はためらうことなくペットボトルを右手に握り締め、スウェット姿のまま玄関に向かった。出しっ放しの踵《かかと》がつぶれたテニスシューズに足を突っ込むと、逆立った髪を気にすることもなく、巨体を揺らしながら外へ飛び出していった。

三〇キロ地点通過・中継車

「田沼アナウンサーに伝えてもらった三〇キロの通過タイムを繰り返します。マイケル・ムトゥリと中澤敏行が肩を並べたまま同時に通過で、一時間三〇分三三秒。ということは二五キロからの五キロが一五分八秒と、ややペースが落ちましたね」

桜井の問いかけに、宇都宮は唸りながら答えた。

「ペースが落ちたというよりも、普通に戻ったと言った方がいいかもしれません。今日の風や気温から考えますと、この状況下で一四分台のペースが続いたこと自体、異常でしたからね。まぁ、トップの二人が牽制《けんせい》しだしたということもあるでしょうが」

「するとペースはこのまま一五分台で行きますか」

「いや」

宇都宮は強く頭を振った。

「スパートをどこでかけるかにかかってきますね。両選手共、そのタイミングを窺っていますよ。それにしても今日の中澤君はレースの中盤あたりから、とてもいい表情をしていますね。それに不思議なくらい体も軽そうに見えます。スタートからこの走りを見せていたら、日本新記録も可能だったとさえ思えるような素晴らしい走りです」

「たしかに距離が進むごとに、軽快そうに見えてきています。まぁ、日本新記録は無理だとしても、いわゆるサブテン、二時間一〇分は切りますよね」

「それは間違いありません。このまま失速しなければ、二時間九分も切るでしょう」

「これは楽しみです。そして並走するムトゥリはどうでしょう。こうして見ていても、ムトゥリの方は少し口が開き加減になっているのがわかるようになってきましたが」

「うーむ。苦しくはなってきているようですが、まだわかりませんよ。もともとムトゥリは粘り強いランナーですからね」

「そうなると勝負はもう少し先ですか」

「いや、間もなくです。残り一〇キロ勝負でしょう」

「残り一〇キロということは、後およそ二キロ先で動きがありそうですね。さて、もう一人。気になる高倉健次郎選手ですが、三〇キロの通過タイムは一時間三〇分四〇秒とトップとの差が開きました。やはり限界が近付いてきていますかね」

「水分を取らなければいけませんね。やはり脱水症状を起こしかけているのかもしれませんよ。まぁ、たしかに正式に登録して出場しているわけではないので、止めるという選択《せんたく》肢《し》もありますが。うーん、もっともここまで来たら、この先の走りを見てみたい気もしますがね。もう少しで次の給水ポイントのはずですから、立ち止まってでも水分補給をするべきです。とはいえ係員に制止されるかもしれませんがね」

「そうですね。たしかに後一キロほど先に給水ポイントがありますが……あっ、今、一人の男性が沿道に現れて手を大きく振っています。その手の先にはペットボトルのようなものが見えていますが」

三〇キロ地点通過・三浦竜平

路地を抜けて広い歩道に飛び出すと、目の前を四角い中継車が通り過ぎていった。間に合ったと安堵する間もなく、三浦は雫石方面を向いて大きく手を振った。沿道ギリギリに立つ人々は近付いてくる先頭の二人のランナーに声援を送り、小旗を激しく振っている。すぐ手前には鮮やかな緑色のウィンドブレーカーを着た二人の若い男たち。おそらく大会関係者なのだろう。一人は小柄な男で、耳に携帯電話を当てている。もう一人はガッシリとした体格の良い男で、雫石方面をじっと見続けている。その男たちの向こうに、高倉の姿が見えていた。三浦は大声で叫んだ。

「高倉しゅにーーーん！　ファイトーーーっす！」

辺りのざわめきにかき消され、その声は到底届かぬものと思われた。それに距離もまだある。

だが、三浦は自分の声が高倉にしっかり届いたものと確信していた。というのも、それまで俯き加減で走っていた高倉の上半身がわずかに起き上がり、サングラスに隠された目が自分をしっかと見返しているように思えたからだ。それにほんの一瞬だが、唇の端を吊り上げて笑ったようにも見えた。

三浦はなんだか泣きだしたい気分だった。

高倉主任がなぜ走っているのかはわからない。こういう形でレースに飛び入りしているのには、何か特別な理由があるのだろう。でも走るなら走るで、自分には一言ぐらい言って欲しかった。部長から自分のことで叱責《しっせき》されている姿を何度か見かけたこともある。つまり高倉主任にとって自分は足手まといな部下であり後輩なのだとは思うけれど、二年以上側《そば》に仕えている仲なのだ。なぜ手伝ってくれと言ってくれなかったのか。なぜ命令してくれなかったのか。どんな理由があるにせよ、水臭すぎるじゃないですかと三浦は声を大にして叫びたい気分だった。

三浦は沿道ギリギリに立ち、正規のマラソンコースに背を向けた。

右手にはペットボトルを握り締めたまま、左手を頭上で大きく振る。ぐんぐん高倉が近付いてきた。テレビで見ていたのとは全然違って、実際はもの凄いスピードだった。眼前の空気を切り裂きながら迫ってくる感じがして、これが生のマラソンなのかと、三浦の大きな背中に一瞬震えが走った。

目の前に等身大の高倉が迫って来る。

その時だ。

手前の体格の良い男が両手を広げるのに気付いた。それが高倉を『止めようとしている』のだと感じた瞬間、三浦の体は動いていた。肥満体ながら、その男よりも一回り大きな体で体当たりする。予期せぬ方向からの力に弾かれ、男の体は道路下の草むらに飛ばされた。

三浦はもう一人の小柄な男の前に、壁のように立った。

「スズメ蜂スポーツウォーターです！」

早口で叫びながら三浦は手をいっぱいに伸ばし、ペットボトルを差し出した。そのペットボトルをバトンリレーするかのように右手で素早く受け取ると、高倉は軽く左手を後ろに振りながら旋風《つむじかぜ》のように去っていった。まさに一瞬の出来事であった。定まらぬ視点でボーッと見ている間に、高倉の背中はどんどん小さくなって行く。

初めて目の当たりにしたマラソンのあまりの迫力に度肝を抜かれ、三浦はその場にペタリと座り込んだ。小柄な男が携帯電話で何事か叫びながら自分を小突いているのはわかったが、動く気力も失っていた。なんだか自分の体の真ん中を貫く柱が、綿菓子のようにフワフワしている感じだった。目の前に続く細い歩道には、赤茶けた枯葉が何かの印のように、ベタリと張り付いていた。その少しばかり先を、水色のペットボトルが風を受け、コロコロと転がっている。すれ違いざまに高倉が落としていったもののようだった。三浦は這《は》いつくばりながら手を伸ばし、そのペットボトルを拾い上げた。案の定、中身はすっかり空《から》になっていた。

「でも、やった……ちゃんと渡した……」

脱力感に包まれた体の奥底から、次第にジワジワと達成感のようなものが込み上げてくる。それというのも、すれ違いざまに高倉の発した一言を耳にしたからだった。決して空耳ではない。高倉はペットボトルを受け取った瞬間、三浦に向かってたしかにこう言ったのだ。『助かった』と。三浦の耳にはその一言が、山を渡る木霊《こだま》のように響いていた。

三一キロ地点・中継本部

「高倉健次郎が受け取ったボトルを確認しろ」

中館が指示を出すと、オンエアーには乗らない別カメラがペットボトルをズームアップした。

「これはどこのドリンクだ」

中館の問いに、八重樫がいきなり笑い出した。

「これはスズメ蜂スポーツウォーターじゃないですか。中館さんも二日酔いの時に飲んだことあるでしょ。ほら、藤崎《ふじさき》養蜂場の」

「藤崎……って言ったら、地元企業か。だとしたら、例のライバル社じゃない」

それだけで中館はホッとした。体が椅子に沈み込む。

「天下のナショナルスポンサー様が、地方の養蜂場を相手に喧嘩してくるか……。まさかな……。いや、ないとは限らんな。重箱《じゅうばこ》の隅を突付くような輩《やから》も多いと聞くからな。しかし、とりあえず当面の壁は乗り越えた。よし、再び高倉健次郎の全身を捉えていい。ただし、ボトルは極力映さないようなカメラワークでな」

「いいんですか」

鈴本が目を見開いたまま中館を向いた。

「ああ、構わない。俺はこの高倉健次郎って奴を応援したくなった。なんだかよくわからないが、そんな気分にさせられちまった」

「そりゃあ、僕もそうですけど」

「だったらいいじゃないか。テレビマンてのはさ、対象に惚れないといい番組は作れないもんだ。後は俺が責任を持つ」

「中館さん」

中館は穏やかに微笑んだ。

「まぁいい。営業でも支社でも、どこへでも飛ばしてくれ」

「えっ」

「なんでもない、独《ひと》り言《ごと》だ」

中館は吹っ切れた表情でモニターに向かった。

「さぁ、盛り上げていくぞ。人生四二・一九五キロ。ラストスパートはまだ先だぁ」

三一キロ地点・中継車

「今、やっと高倉健次郎選手が給水しています。白いペットボトルに口を付け、中身を飲んでいます。少し肩にもかけました。どうやら脱水症状の危険からは逃れられたようです。いやぁ、宇都宮さん、よかったですね」

「ええ」

やたらとアップが増えた映像を気にしつつも、桜井の口からは無意識に高倉を気遣う言葉がこぼれた。宇都宮も自然に頷いている。自分の頬が緩んでいるのに気付き、桜井は片手を当てて擦《こす》った。それと同時に、高倉のことがどうしてこうまで気にかかるのか不思議な思いを感じていた。

元々正規の手続きを踏んで出場している選手ではない。言ってみれば部外者、アウトローである。係員に制止されたら、その瞬間に止まらざるをえないだろう。いや、実際すでにそういう指示が出されているのかもしれない。さきほどは緑色のウィンドブレーカーを着た関係者と思《おぼ》しき男らが、明らかに止めようとしていたように見えた。なんとか躱《かわ》して抜け出したようだったが、またこの先止めに入られたらどうするのか。それに、たとえどんなに素晴らしい記録を出そうが、決して公認されることはないのだ。

それなのにいつの間にか、心の奥底で小旗を振り続け、応援しているもう一人の自分がいる。出来ればこのまま最後まで走り続けて欲しいとさえ願っている。

自分は彼の何に惹かれているのだろうか。自由、無謀、規格外、孤独、孤高、予想外……どれもが当てはまりそうな気がしたし、どれもが違うような気もしていた。

そしてハタと気付いた。彼のゴールはどこなのだろうか、と。このまま競技場に戻ったとしても、彼は中には入れないのだ。警備の者たちに阻止されるのは目に見えている。

それでもゴールさせてやりたい気持ちになる。あの白いテープを切らせてやりたいという思いが、無性に込み上げてくるのだ。

いったいなぜなのか、桜井にもよくわからなかった。ただ、高倉の走りを見ていると、そんな気持ちに強くさせられるのだ。そうとしか言いようがなかった。

「残り一〇キロを切ります」

柳原の囁きと、目の前に突き出されたスケッチブックの『中澤のスパートに注意』の指示を見て、桜井は我に返った。再び気持ちを公道側に集中させる。

「先頭の二人は三二キロを過ぎました。先ほど宇都宮さんから、残り一〇キロ勝負というお話がありました。そうなりますと、いよいよ勝負の頃合であります。さぁ、先に飛び出すのは中澤か、それともムトゥリなのか」

三二・一九五キロ地点・中澤敏行

中澤は顔面の滴り落ちる汗を手のひらで拭いながら、左腕にはめたスポーツウォッチのデジタル表示を確かめた。思った以上に順調なタイムで来ている。レース前に立てた想定タイムも上回っていた。しかし決して無理をしているわけではない。体が軽く感じられる状態が、レースの途中からずっと続いているのだ。そして後方に感じられる気配も。

──まだついて来ている。やはり高倉なのか。そうだろう。なぁ、高倉。僕にはわかる。お前だ、たしかにお前の気配だ。懐かしいな。幽霊と走っているのに、少しも怖くない。むしろワクワクする。いいか、ここからは僕とお前だけの勝負だ。誰にも邪魔はさせない。練習嫌いだった僕が、どれだけ厳しいトレーニングを積み重ねてきたか見せてやる──

中澤は汗まみれの顔に不敵な笑みを浮かべた。

すでに三二キロ地点は過ぎていた。レース前に中澤が監督から指示された作戦は唯一つ。残り一〇キロ勝負ということだけだった。そろそろロングスパートをかけるタイミングに差し掛かっている。風は追い風。湿度も気温もあまり気にならない。疲れもさほど感じていないし、給水も充分取れている。なによりムトゥリと仲良しこよしで走っているのには、もう飽き飽きしていた。

中澤は併走《へいそう》するムトゥリの横顔を窺った。目はしっかり前を見ていたが、口は開き加減のままだった。呼吸は少し荒くなったような気がする。特に吐き出しの息。もう何度も戦っている相手なので、表情と息遣いだけで残存体力の量は測れた。総合的に判断すると、ムトゥリに残された爆発力は後わずかとしか思えない。それに引き換え、自分の余力は充分すぎるほどある。その気になれば、このペースで後二〇キロは走れそうだった。ならば今しかない。今こそ勝負の時だ。

――行くぞ！　ついて来い、高倉――

中澤は心の中で高らかに叫んだ。

普段のように自分自身を叱咤するような辛さはない。なにか楽しげなトレーニングの延長線上を走っているみたいな感覚だった。

小刻みなピッチ走法から、瞬時にギアを入れ替える。四速から五速、さらに六速へ。スポーツカーのような加速で、中澤は鋭く前へ飛び出した。

三二・一九五キロ地点・中継車

「出た、出ました。中澤がついに飛び出しました。三二・二キロ付近。凄《すさ》まじい加速だ。まるで短距離走のようなスピードで、ムトゥリを突き放しにかかる。ストライドが大きくなった。たくましい走り。ムトゥリはついていけるのか。どうだ。どうする。どうする、ムトゥリ。ううん、ついていかない。いや、ついていけないのでしょうか」

「ついていけないんでしょうねぇ。ムトゥリはもういっぱいいっぱいでしょうから」

「眉間に皺を寄せながら、中澤の背をじっと見つめるムトゥリ。しかし追えません。その差がどんどん開いていきます。素晴らしいスパートを見せている中澤。岩手山おろしの風を背に受け、ぐんぐん加速していく。さすがは日本マラソン界の至宝、中澤敏行。恐るべきスタミナの持ち主です」

「中澤君は作戦通りの飛び出しでしょうね。それに本当に体が軽そうに見えます。調子がいいんでしょう。よっぽどのアクシデントがない限り、これで決まりでしょう」

「そうですね」

宇都宮の話に相槌《あいづち》を打ちながら、桜井は沿道の高倉の姿を探そうと腰を上げようとした。その気持ちがカメラマンに伝わったかのように、第一中継車のカメラが沿道を走る高倉の姿を捉えた。信じられないことに、高倉はすでにムトゥリの斜め後方まで上がってきていた。サングラスはかけたまま。やや前傾姿勢。口はかすかに開いている程度で、さほど表情に変わりはなかった。

「おーっと、高倉選手もジワジワと来ている。今やムトゥリの後方一メートルまで迫ってきています。先ほど給水出来たことで、また力強い走りが復活したようであります。宇都宮さん、高倉選手はまだ頑張っていますよ」

「そうですね。いやはや、すごい選手です。走りも悪くないですよ。少し苦しそうにも見えるんですが、耐えているんでしょう。この苦しい時を乗り越える忍耐力が、マラソンには欠かせません。よほど精神力が強いんでしょうねぇ」

「しかしテレビをご覧の皆さん。何度も申し上げていますが、この高倉健次郎選手は正式にこの大会にエントリーしている選手ではありません。ご覧のようにあえて走りにくい沿道を走っています。いや、彼に許されたコースは、そこしかないのです。もし彼が一歩でも正規のコースに立ち入れば、即座に係員に制止されることでしょう。彼はいわば規制外のコースを走っているわけです。つまり勝手に飛び入り参加しているわけで、苦しくなればいつ止まってもかまわない。いつレースを止めてもいいはずなんです。それなのに、そんな選手がなぜ耐えているのでしょうか。耐える必要はあるのでしょうか。なぜこうまで苦しさと戦えるのでしょうか。何を求め、何のために走っているのでしょうか。私にはまったく想像もつきません」

宇都宮は桜井の立て板に水のような言葉には応じず、ただ唸っただけだった。

「おおっと、今、ムトゥリと並んだ、並びました。日本のマラソン界ではまったく無名といっていい高倉健次郎選手。本業は盛岡市内の広告代理店に勤務する普通のサラリーマンです。その普通のサラリーマンが、なんと世界の檜舞台を何度も経験しているトップランナーの一人、マイケル・ムトゥリと並んで走っています。公道上を走っているのが、正式なレースでは二番手のムトゥリ。そして沿道を走っているのが、いわば飛び入りの高倉健次郎。決して越えられない白いガードレールを挟んでの両者の戦い。あーっと、高倉が前に出た。世界のムトゥリを抜いた。信じられません。皆さんはこの光景が信じられますでしょうか」

「桜井さん」

宇都宮が桜井の興奮を抑えるかのように、つとめて冷静な口調で呼びかけた。

「はい、なんでしょうか宇都宮さん」

「いや、信じられないも何も、現実に我々の目の前で起こっているんです。それになにより忘れてならないのは、この高倉選手がここまで抜いてきた選手らのことですよ」

宇都宮の淡々とした口調に、桜井は思い出したように頷いた。

「そうでした、そうでした。宇都宮さんのおっしゃるとおりです。高倉選手はすでに世界のトップランナーたちを何人も抜き去って、ここまで走ってきています。ポール・パットン、パク・ワンキ、フリオ・セルバンテスといった世界の名だたる強豪選手らは、すでにここからはもう肉眼で確認できないほど後方です。これだけでも高倉選手の力量、能力の高さは正真正銘本物だといっていいでしょう。信じられませんが、文句の付けようが無いのも事実なのです」

「そうです。我々が彼の存在を知らなかっただけ、気付かなかっただけで、高倉健次郎選手は本物ですよ。しかも平らなコースを走っているのではなく、でこぼこだらけで起伏の激しい沿道を走っている。まるで徒競走に、障害物競走で立ち向かっているようなものですからね。これはもう、実に凄い選手としか言いようがありませんよ」

「おっしゃるとおりです」

「うーん、コースを走らせてやりたいですねぇ。いや、見てみたい。同じ条件で中澤君やムトゥリと競《せ》り合わせてみたい」

「おそらくテレビをご覧のマラソンファンの方々も、同じように思っているかもしれませんね。しかし、残念ながらそこは規則という大きな壁があります。さぁ、高倉がスピードを上げた。一段と力強い手の振り。追い風を受けて、一気にムトゥリを引き離しにかかる。さらに前に出た。ムトゥリと同じような歩幅。しかしスピードは高倉が上だ。その差が少しずつ開いていく。一メートル、二メートル。おっ、ムトゥリが高倉の存在に初めて気付いた。左斜め前方を走る高倉の姿を捕らえる。真っ白なナンバーカードの男が自分の前にいる。ムトゥリは大きな目を見開いて、その後姿を眺めている。こいつは誰だ、何者だ。明らかに驚いたような表情を浮かべています。そしてそんなムトゥリを尻目に、高倉はさらに前に出る。ムトゥリを振り返ることもせず、スピードを上げる。その背中に視線を向けるムトゥリの目が、怯《おび》えているようにさえ見えます。高倉の前傾姿勢だったフォームが少し起き上がった。その目は前を走る中澤の背中を捕らえているのか。その差は一〇メートルもありません。さぁ、今、中澤が三三キロ地点を通過しました。トップは日本のエース、中澤敏行。それを追いかける二番手は、飛び入りの高倉健次郎。もちろん正式な参加ではありませんから、順位を言うのはおかしなことでしょう。御批判も多々あることと思います。しかし私はあえて言いたい。いや、言わせてください。沿道を走る今まで無名だったランナーが、信じられないことに国際マラソンという大舞台で二番手を走っていると。そしてなによりこの先が見てみたい。この無名のランナーの行く末を。さぁ、残された距離は約九キロ。もはやムトゥリに追いかける力は残されていません。日本人同士。白いガードレールに遮《さえぎ》られたままの、世界の中澤と無名の高倉の一騎打ちであります」

スタジアム周辺・高倉奈穂美

奈穂美は厚手の防寒服に包まれた美冴を抱きかかえたまま、ミズオー・イーハトーヴ・スタジアムへの道をひたすら駆けていた。マラソン大会が行われているため、スタジアムの周辺は車両の通行が厳しく規制されていて、車では近づけないのだ。そのため五〇〇メートルほど手前の交差点でタクシーを降り、そこからは走りどおしだった。

目の前には赤煉瓦のスタジアムが見えていた。しかし子供一人を抱えながら走っているせいか、もう少しというところで息切れして立ち止まりそうになる。やっとスタジアム正面のゲートが見えたところでいったん美冴を歩道に下ろし、奈穂美はその場にしゃがみこんだ。吐きそうなくらいに苦しい。それにひきかえ揺られながら走ってきたのが気に入ったのか、美冴は上機嫌ではしゃいでいる。

「少し……歩こう……か」

奈穂美は荒い息のまま美冴に話しかけ、その小さな手を握った。

「たったこれだけの距離でゼーゼーいうとるのに、パパは四二・一九五キロやて。信じられんわ。正味、アホやわ、あの人」

わかっているのか、いないのか、美冴はキャッキャッと声を上げた。

「しゃあない。ほな、行こか」

ヨッコラショと年寄りじみた掛け声を発して、奈穂美は再び立ち上がった。しばらくは美冴のヨチヨチ歩きのペースに付き合いながら息を整え、落ち着いたところで再び美冴を抱きかかえた。

スタジアムに近付いていくと、二度ばかり湧き上がるようなどよめきの声が聞こえた。

奈穂美は焦った。マラソンはまだロードで行われているはずで、おそらく大画面のビジョンに映し出されている映像に観衆が反応しているのだろうと理解してはいたが、気持ちはスタジアムの中に飛んでいる。早足で正面ゲートに近づいていくと、そこには満員札止めと書かれたアクリルボードが掲げられていて、頑丈そうな鉄柵が閉じられていた。入場券売り場のブラインドも下げられていて、中に人のいる気配は感じられなかった。スタジアムに行きさえすればなんとか入れるだろうと考えてきた奈穂美だったが、それが甘い考えだったことを思い知らされた。

なんといっても、盛岡で初めて開催された国際マラソン大会なのである。岩手県内はもとより、東北各地からも大勢の観客が集まってきている。ここまでくると大規模なフェスティバルやカーニバルと同じようなものなのだった。

それでもどこかから入れないものかと、奈穂美はスタジアムに沿って歩きだした。外の売店の近くには、スタジアムに入れなかった若者らが集まっていた。マラソン競技とはいかにも縁遠そうなヒップホップ系のファッションをした若者たちだ。ズボンをずり下げてパンツを見せている、いわゆる『腰パン』の男の子が七人。そのうちの五人がしゃがみ込み、目の前に置かれた小型のテレビに向かって声援を送っていた。

「いいぞ、中澤。その調子でぶっちぎれ！」

「高倉、離されるな」

「負けんな、高倉！」

　小さな画面の中では、中澤と高倉の顔が交互に映し出されていた。奈穂美は抱いていた美冴をレンガ風のインターロッキングの上に下ろし、吸い寄せられるようにその輪に近付いていった。若者たちは周りに気を取られることもなく、画面を食い入るように眺めている。

「スゲエよ、この高倉ってヤツ。くーっ、なんだか見てるだけで体が熱くなってくるぜ」

　真ん中にしゃがみ込んでいた小柄な若者が、かぶっていた黒い帽子を勢い良く取ると地面に叩き付けた。あらわになった髪の毛は金色に染めた短髪だ。

「おう、応援したくなるよな。しかもよ、盛岡の普通のリーマンだっていうしよ」

　左隣にしゃがんでいるバスケットボールを抱えた茶髪の若者が、口を尖らせながら応じた。

「しかし普通のリーマンがここまでやっかよ」

「会社でなんかつまんねぇことがあったんじゃねぇの」

右側に立っている長身の若者が、茶化すような口調で言った。

「バーカ、やめろよ。だいたいつまらねぇからって、マラソン走るなんてよ、尋常じゃねぇぜ」

「たしかに……」

小柄な若者の強い口調に、長身の若者は背を丸めた。

「でもよ、なんだかわかんねぇけど……見てるだけで泣きそうな気分になるんだよな」

「意味わかんねぇ……けど、実はオレもそうだったりして」

好き勝手なことをほざいている若者たちの間を縫うように、ヨチヨチとした足取りで美冴が進んでいく。奈穂美があっと気付いた瞬間、美冴は飛びつくようにして、若者たちの目の前の小型のテレビを両手でつかんだ。

「うわっ、なんだぁ！」

「パァパァーーー！」

美冴が吠えた。

「えっ」

「なに？」

「パパ……？」

「マジすか」

若者たちは呆気にとられた表情で、一斉に美冴のあどけない笑顔を見つめた。口をあんぐりと開けている者もいる。奈穂美は慌てて駆け寄ると、電光石火の金魚すくいのように素早く美冴を抱き上げた。

「ご、ごめんなさい」

若者たちは目を丸くさせたまま、奈穂美と美冴を交互に見上げている。

「パパって……」

真ん中にしゃがんでいた小柄な若者が、バネ仕掛けの人形のように勢い良く立ち上がった。

「その子……高倉の、いや、高倉選手のお子さんすか」

「えっ」

奈穂美は返事に躊躇《ちゅうちょ》した。小柄な若者は真っ直ぐな視線を自分に向けている。その意外なほど澄み切った眼差しに戸惑いつつ、奈穂美はついコクリと頷いてしまっていた。

三四キロ地点・桜井家

盛岡市開運橋通りにある桜井の自宅では、歳の離れた二人が揃ってテレビに釘付けになっていた。桜井の妻の好江と長男の誠である。途中から見だしたマラソン中継だったが、席を離れずにいるのは一家の主である桜井が実況しているからだけではなかった。そのレース展開に、親子共々惹きつけられてしまっていたのである。

鍋焼きうどんを食べた後しばらくして、次男の勇はおとなしく昼寝の床についている。二人は寝起きの悪い勇を起こさぬように、声を抑えつつ時折会話を交わしている。

「おかあさん、このひとどこまではしるの?」

「さぁねぇ……ここまで来たらゴールまで行くんじゃないのかなぁ」

「でも、ゴールするところのなかにはいけないって、おとうさんがいったよ」

「そうだっけ」

子供ながら良く聞いていると好江は苦笑した。桜井が実況しているから聞いてみようと言い出したのは好江だ。だが、途中から食い入るように画面を見つめだしたのは、驚いたことに誠だった。プレステで遊びたいのを我慢させられ不満タラタラだったはずなのに、何が年端《としは》も行かぬ幼稚園児の心をつかんだのか。それは間違いなく、この突如《とつじょ》現れた高倉とかいう男の存在なのだろう。テレビの画面を通じて、その男の発するオーラのようなものが、好江にも確かに感じられていたのだ。そしてそんな男の出現は、仕事中の父親にとって想定外の事態だったのであろうと、聡明《そうめい》なる息子は敏感《びんかん》に感じ取っているに違いなかった。

「おとうさん、だいじょうぶだよね……」

時折呟くこの言葉が、その証拠だろう。

「大丈夫よ。お父さんは今までいろんな場面でしゃべってきたスポーツアナウンサーなんだから。どんなことが起きても放送し続けるわ」

好江は勇気付けるように誠の肩を軽く叩いた。

「そうだよね。うん……そうだ、きっと。おとうさん、なんだかたのしそうにしゃべってるもんね」

「えっ」

好江は驚いた。想定外の事態に、夫の声のトーンが少しばかり高くなってきているとは感じていた。だが、それを息子が楽しそうと感じていたなんて。好江はテレビから流れる夫の声にしばし集中した。張りのある声、力強い語尾、そして流れるようなセンテンス。

言われてみれば、たしかにそうとも感じられる。いや、きっとそうなのだろう。誠には桜井の血が流れているのだから。

「すごいね、このひと」

テレビ画面には高倉の姿がアップで映し出されていた。

「ゴールさせてあげればいいのに。ゴールしたくて、ちがうみちでもガマンしてはしっているんでしょ」

「そ、そうだね」

頷きながら、好江はハッとした。それは自分の生き方にも当てはまるのではないかと、ふと思えてしまったからだ。

かつて好江には続けたい仕事があった。だが、それを手放さざるをえなかった。そしてそれを育児や家庭のせいにして、さも自分は犠牲になったように思い込んでいた。しかし本当はどうなのだろう。自分の力不足をごまかし、無念さを納得させるためだけの言い訳に過ぎなかったのではないのか。やる気と目標さえあれば、そこに至る形はどんなだっていい。綺麗さや汚さなんてものも関係ない。何かをやろうと思った時がスタートで、始めることに遅すぎるなんてことはきっとないのだろう。

テレビに映っているこの高倉というランナーは、正規のコースなど関係なく、ただ辿《たど》り着く先にある自分だけのゴールを黙々と目指している。その修行僧のような姿が教えてくれているような気がする。目指す確かなものさえあれば、道のりは問わないと。買いかぶりすぎかもしれないが、急にそんな気がしてきたのだ。そうだ、単純なことじゃないか。やりたいことさえはっきりしていれば、後はこの高倉という男のように、ただ真っ直ぐ進めばいいだけだ……。何を悶々《もんもん》としていたのだろう。自分の至らなさを棚に上げたまま。

なんだか急に目頭が熱くなってきた。好江は誠に気付かれぬように、花柄のティッシュボックスから素早く二枚抜き取った。

「すごいなぁ、このひと」

「そうだねぇ」

「おとうさんもすごいね」

「えっ……お父さんも」

「そうだよ。がんばってるもん。おとうさん、カッコイイ」

好江は目を丸くした。

子供は親の背中を見て育つと言うが、誠は桜井のどこを見て育ってきたのだろう。そして自分は桜井のどこを見て、いや、どこを見ずに暮らしてきたのだろうか。

家庭人としては三流のレッテルを思い切り貼り付けていた夫を、息子はまったく違う目で見ていたのだ。

「ボク、おおきくなったら、おとうさんみたいになりたいなぁ」

「えーっ」

画面をじっと見据えたままの息子が、なんだか一回り大きくなったような気がしてきて、好江は鼻の奥がツーンと痛くなった。

「ふーん、お父さん……みたいに……ねぇ……男って、背中で子育てしてるのかもね」

暖かい涙と溜《た》め息が一緒に溢れた。好江は覚悟を決めたかのように、勢い良く立ち上がった。

「さぁ、ご馳走《ちそう》作るから下ごしらえしなきゃねぇ。だって今日は」

——結婚記念日だもの——

好江は口の中で小さく呟いた。

三四キロ地点・中継車

「さぁ、レースは大詰めを迎えています。正式な競技としては中澤の独走ということになりますが、この画面の中では、中澤と高倉の息詰まる熱戦がいまだ続けられています。軽快にトップを走る中澤敏行。そして斜め後方一メートルほどの位置をキープして、沿道を走る高倉健次郎。まもなく三五キロ地点に差し掛かります。宇都宮さん、中澤は高倉に気付いていますか」

「そうですねぇ……気配のようなものは感じていると思いますよ。ただ、振り返っても真後ろには誰もいませんからねぇ」

「となりますと、中澤が高倉に気付いた時に、動揺する可能性はありますね」

「いや、どうでしょう。今日の中澤君の走りは、途中から絶好調としか思えませんからね。他人のことなど気にならないでしょう。まぁ、少しくらいは驚くかもしれませんが」

「なるほど。たしかに見事な走りを見せている中澤。さすればまさにこのレース、今や天《てん》上天下唯我独尊《じょうてんげゆいがどくそん》といったところでありましょうか」

三四キロ地点・中澤敏行

トップを走る中澤は沿道の観衆の熱い視線を一身に浴び、いつものようにビクトリーロードをひた走っていた。とはいえ、これだけの独走は久しぶりである。透明なスポットライトを浴びているようなもので、これもなかなか気持ちが良い。もう九分九厘《りん》、勝利は手中におさめたようなものである。

思わず笑顔が浮かびそうになり、中澤は頬を引き締めた。

しばらく続いていた一種のランナーズハイ状態は、少しずつ薄れつつあった。

ランナーズハイとは、苦しさを乗り越えて走っているうちに、だんだん気分が良くなってくる現象のことを言う。この状態になると、いつまでも走っていられるような感覚になり、人によってはテンションが異常に上がってくる。

元々人間の脳は痛みなどを感じると、脳下垂体からエンドルフィンやエンケファリンといった物質を作りだすのだ。一種の麻薬成分である。こういった物質には、痛みやストレスをやわらげる働きがあるのだという。こんな現象が、時としてマラソン選手には訪れるのだ。

依然として体が軽い。ここまで走りながら幾多《いくた》の激しい駆け引きを繰り返してきたというのに、不思議と疲れもあまり感じていない。むしろ頭の中は、花畑にでもいるような爽やかな気分だ。

なのに不安が一つだけあった。それは気配だ。

後ろに追いすがるモノのいる感覚がまだ消えていない。しつこいマイケル・ムトゥリはとうに引き離している。自分のすぐ後ろを走る選手はいないはずなのに。

ふと、また高倉健太郎の姿が浮かんだ。懐かしいあの男が追いかけてくる姿。

だが、そんなことは現実としてあるはずがないのだ。あいつはこの世にはいないのだから。今は亡きライバル、高倉健太郎。

ランナーズハイになった影響で、半ば一人芝居のように冗談を言ってしまっていた。それも気分がとびきり良かったからだ。思わずついて来いなどと、呼びかけてしまってさえいた。本当に冗談のつもりだった。なのにこの消えない気配はなんだ。胸騒ぎがしてくる。

――高倉健太郎。お前、本当に出てきたんじゃないだろうな。冗談で言ったつもりだったのに――

中澤は雑念を振り払うがごとく、慌てて首を左右に振った。


三五キロ地点・盛岡中央病院西棟六〇一号室

個室の硬いベッドの上に胡坐《あぐら》をかき、無精髭《ぶしょうひげ》を撫《な》でながらテレビに見入っていた盛広《もりひろ》エージェンシー社長の川瀬《かわせ》は、枕元の携帯電話の振動に気付き拾い上げた。画面には登録外の番号が表示されている。仕事柄そんなことも多々ある川瀬は、とりあえず出てみることにした。

「川瀬です」

「川瀬社長、ですね」

「はい。どちら様でしょうか」

どことなく威圧的な口調に、川瀬は身構えた。

「盛岡国際マラソン実行委員会事務局の、というより、ミズオーの世良と申しますが」

「あぁ……これはどうも」

川瀬は思い出していた。部下に連れられ挨拶に出向いた時に、やたらと態度のでかい痩せた男がいた。大柄な男を傍に従えて、椅子にふんぞり返っていた男。それが世良だったはずだ。そうなると、用件は一つしか浮かばない。

「今、マラソン大会に乱入している男のことは知っていますね」

「はぁ……たしかにウチの社員のようで……誠に申し訳ございません」

川瀬は携帯電話を握り締めたまま、反射的に体を前に折った。手術後の傷跡が捩《ねじ》れて、軽い痛みが走った。

「あんたに謝られても埒《らち》が明かん。それよりアイツを止めてくれませんかね」

「はっ？」

「だから、高倉という男を止めて欲しい。邪魔なんだ」

「邪魔とおっしゃられても……」

川瀬は病室のテレビに映しだされた高倉の顔を渋い顔で眺めた。

「とにかく止めろ。社長命令で、社員を総動員してでも」

高圧的な物言いに、一瞬頭に血が上りかけた。だが、そこは人一倍世間慣れしている。

「そうおっしゃられましても本日は日曜日でございまして、社員を呼び出すのも……なかなか難しい話でございまして……」

「そこを何とかするのが社長だろう」

「はぁ……まぁ、社長とは名ばかりで、社員に食わせてもらっているような情けない立場なものでして……はい」

のらりくらりとした受け答えに、世良がイライラしてくる様子が伝わってくる。川瀬には余裕があった。どうせ相手はこれまでも、そしてこれからも付き合いの望めないような大会社である。こういうところの割り切り方は早い。

「今から集めても、揃った頃にはレースも終わっているでしょうし、何より社員のプライベートなことまでは、口出ししないのがモットーなものですから」

「何がプライベートだぁ！」

瞬間沸騰したような甲高い声に、川瀬は携帯電話を耳から離した。

「くそぉ、言うことを聞いたら仕事を回してもいいぞ。電報堂扱いの一部を回してやる」

「ほぉ、それは」

川瀬はニヤリとしながら、再び耳に携帯電話を押し当てた。頭の中に数字がいくつも浮かんでくる。とはいえ、冷静さは失っていない。大会終了後に、ミズオーは撤退するはずなのだ。確かな筋から聞いている。だとしたら今後の仕事といっても高《たか》が知れている。その推定金額と一社員の価値を、瞬時に天秤にかけた。即座に答えは出た。

「そうおっしゃられても、一度走り出した岩手県人を止めるのは至難の業《わざ》でして。岩手県人は昔から牛に譬《たと》えられていましてね。尻が重くてなかなか動き出さない。しかし一度動き出すと、これはもう止まらない。まさに闘牛のようなものでして」

「うるさい。そんな講釈など聞きたくない。とにかく止めろと言ってるんだ」

「断る！」

間髪容れずに言い切った川瀬の一言に、電話の声は震えを隠し切れなかった。

「な、な、なんだとぉ」

「どんな馬鹿げた考えでも行動を起こさないと世界は変わらない、っていい言葉だろう。マイケル・ムーア監督が言ってたよ。きっと高倉も何かを変えようとしているんだろうな。よくわからないが、俺にはそう見える。ならば誰にも止めることなど出来ない。まぁ、人の心があればの話だがね」

「なにぃ……覚えていろよ」

「いやぁ、近頃歳でしてね、昨日の夕飯も何を食べたか思い出せない始末でして」

話の途中で電話が切られた。川瀬は笑い出しながら、携帯電話を枕元に放り投げた。テレビの画面には、また高倉の姿が映し出されている。

「すごいよ、高倉。なんだかわからないけど、すごいよ」

見ているだけで、体の奥底から漲《みなぎ》ってくる何かを感じる。川瀬は青い入院着の前を合わせ、居ずまいを正した。

「俺もいつまでも弱気でなんかいられないな。もう退院だし、バリバリ稼がなきゃ。社員も待っているし。それになんだか忙しくなりそうな予感がするしな」

川瀬はテレビのリモコンに手を伸ばし、ボリュームを少しばかり上げた。

三五キロ地点・大会運営本部

本部のテント内では、世良が大会実行委員長の前田《まえだ》に詰め寄っていた。前田は岩手陸上競技協会の会長で、知事や市長に推《お》されて、このポストを引き受けたのだ。元高校の校長でまだ六十代のはずだが、好々爺《こうこうや》といった外見のせいで、実年齢より十歳は老《ふ》けて見える。

「やはり委員長判断で止めさせるべきです」

「しかしねぇ、世良さん」

前田は渋面《じゆうめん》を向けた。顔中の皺が、真ん中に集まったようだった。

「高倉君が妨害行為を働いているとは思えんのだ。なにせ公道上を走っているわけじゃないし、歩道は規制外だからねぇ」

「それはそうかもしれませんが、選手に与える動揺や危険性を考慮しなければなりません」

「危険性は無いと思うけどねぇ」

「なにより大会の調和といいますか、和を乱していることは事実です」

「和ですか……。むしろ大会は盛り上がっていると思うけどねぇ」

のらりくらりと煮え切らない前田の態度に焦《じ》れていると、そこへ大久保が近付いてきて耳打ちした。

「今度こそ大丈夫っす。絶好の場所でスタンバイしてるそうっす。二人がかりで行くっすから」

「バカ。最初から二人がかりで行かせろ。それより桜小路はどうした」

「それが……最初の電話では了解したような素振りだったんですが、二度目の電話からは出ないっす。何度掛けても電波の届かない所ってメッセージが」

「ビビって逃げやがったな。まったく、どいつもこいつも」

大久保の頭を小突いていると、ふいに後ろから肩を叩かれた。振り向くと、そこに楯山が立っていた。

「うわっ、社長」

飛び上がった世良の横で、瞬時に大久保は直立不動の姿勢をとった。

「話は聞いたよ。あの高倉とかいう若者を止めさせようとしているようだが、それはやめなさい」

「しかし、社長」

「君が何事も無く終わらせたがっていた大会で、何事かが起きてしまったわけだからおもしろくないのはわかるが、ここは周りを冷静に見なさい」

「周りを……ですか」

「そうだ。ほとんどの大衆は彼を応援している。ここで大衆を敵にしては、商売上大損をすることになる」

「そ、それは……」

「もう大丈夫だ。大会はすでに成功している。これだけの盛り上がりだ。きっとテレビの視聴率も高い。インターネット上での評価も上々だと、広報部から連絡もあった。我が社の株価も上がることだろう。明日の市場が楽しみだな」

檜山はそう言って高笑いした。

「はぁ……」

檜山は一つ咳払いをすると、溜め息交じりの世良を正面から見据えた。

「アメリカのあるカリスマ経営者が言っておる。部下に求めるのは『アスリート』な人材だと。この意味がわかるか」

「それは……フットワークが軽くて、目標に向かって一途ということでしょうか」

「ほほう、なかなかだな。うむ。つまりは、どのような課題を与えられてもさっと動き、大きなことをやりとげられる人材のことだよ。私も同意見だ。そして少なくとも君は、自分がアスリートな人材だと証明したじゃないか」

「社、社長」

「安心しなさい。君が帰ってくる場所は、ちゃんと考えているからな」

「あ、ありがとうございます」

体が瞬時に熱くなった。と同時に、頑《かたく》なだった何かが氷解していく気がした。今まで遠く離れた盛岡に出向の身となっても、決して自分がエリートコースを外れたとは思わなかった。いや、思いたくなかった。だからこそ、この大会にあらゆるものを賭けていた。それが今、報われた気がした。ふと、高倉という男の姿が頭に浮かんだ。もしかしてこの大会に賭けているのは、ヤツも一緒なのではないのか。なぜかそう思えた。それだけの価値のある大会なのだ。そう思うと、頑なにヤツを否定する気持ちが薄れていく。

「ということです、前田先輩」

楢山は前田に軽く会釈《えしゃく》した。前田は黙って頷いた。

「前田先輩、って、社長と委員長はお知り合いだったんですか」

目を白黒させる世良を面白そうに眺めながら、楢山は頷いた。

「言ってなかったか。高校時代の陸上部の先輩後輩の関係だよ。前田先輩は駅伝のエース。私はこう見えても走り幅跳びの選手だった。まぁ、今じゃ見る影もなく、立ち幅跳びすら危うい体型だがね」

楢山は大笑いした。太鼓腹が波打っている。

「しかし、前田先輩。『高倉君』と親しげに呼んでいたところを見ると、あの青年は知り合いなんですね」

楢山の問いに、前田はニヤリと笑って頷いた。

「私の最後の教え子だよ、兄弟ともにね」

「そうでしたか」

「兄の一件があってから音信不通になっていたが、弟の方は走っていたとはねぇ……うれしい限りだよ」

前田はしみじみとした口調で、呟くように言った。

「あのう」

いきなり世良の耳元で大久保が囁いた。

「なんだ」

「浦口と松川は、どうしたらいいっすか」

「あーーーっ」

世良は大事なことを忘れていたのに気付き、慌てて大久保の腕をつかむとテントの外に引き摺《ず》りだした。

「やめさせろ。急いで連絡するんだ」

「はい」

大久保は携帯電話を取り出すと、すぐに松川の番号に掛けた。だが、なかなか通じない。番号を変えて掛け直してみたが、それでも通じなかった。

「ダメっす。松川だけじゃなくて、浦口も通じないっす」

「なにぃー」

「周りがうるさ過ぎて聞こえないのかもしれないっすね」

「うううぅー」

世良は意味不明な唸り声を発しながら天を仰いだ。

「あっ、今、中澤が首を左右に振りました。苦しいのでしょうか。何か異変があったのでしょうか。宇都宮さん、中澤は大丈夫ですかねぇ」

「うーん、なんでしょうねぇ。走りに変わったところは見当たりませんし、さらにスパートをかけるために、気合を入れ直したんじゃないですか」

「なるほど、気合ですか。中澤の脳裏には、すでにゴールシーンがイメージされているのでしょう。さぁ、三五キロ地点が見えてきた。中澤が行く。それを斜め一メートル後方で追いかける高倉。コースは違えど、激しいデッドヒートに変わりはありません。おーっと……」

叫んだ後、桜井はしばし絶句した。三五キロ地点を捕らえた中継カメラからの映像に、思わず息を呑んだのだ。

「信じられません……ご覧ください。三五キロ地点から先。沿道の真ん中のスペースが大きく空けられています。狭い歩道ですが、まるで人一人分走れるように、観衆がそれぞれ

三五キロ地点・中継車

端に避けて道を空けているように見えます。だとしたら、いったい誰のために。そうです、もちろん高倉選手のためにでしょう。あっ、緑色のウィンドブレーカーを着た大会関係者と思われる二人の男性が、人の壁の後ろで何か騒いでいるようです。高倉選手を制止しようとしているのでしょうか。しかし、それを沿道の人の壁が、固い意志を持って阻止しているように見えます。かつて海を真っ二つに切り裂いた十戒《じっかい》のモーセのように、今、高倉の目の前に道が開かれたのであります。そういえば以前、帝都放送のバラエティー番組で、全国四十七都道府県の県民性の調査が行われたことがあります。その時に岩手県民は、ある部門で全国第一位に輝きました。その部門とは『お人好し』部門でした。つまり日本一お人好しなのが、岩手県民なのであります。もちろん、いい意味でのお人好しです。善男善女の割合が、全国一高いのです。眼前に広がるこの善意としか思えない光景に、なぜか今、私はそんなことを思い出してしまいました。最高です、岩手県民！」

実況を続ける桜井の声が微かに震えていた。桜井は込み上げてくる感情を、懸命に抑えようとしていたのだ。

この光景が全国のテレビに映し出されると、またまたインターネット上の書き込みが激しく急増した。お人好しの岩手県民を素直に称える声。日本人の譲り合いの精神について語る者。これはまさしく武士道なのではないかとの声。その武士道を著《あらわ》した新渡戸稲造《にとべいなぞう》は岩手県出身だという雑学的指摘。さらにはかつて岩手を旅した時に出会ったもてなしの心について語る書き込みもあった。そしてとどめとばかりの、実は自分も岩手県出身だというカミングアウト等々。百花繚乱《ひゃっかりょうらん》ともいえる書き込みやつぶやきが、日本の上空をおしくら饅頭《まんじゅう》しながら飛び交っているようにさえ思えた。

もちろんその中には高倉に対する声援も数多くあった。その内容もいつの間にか興味本位や揶揄《やゆ》するモノよりも、素直に声援を送るモノの方がはるかに勝ってきていた。

三五キロ地点・佐野和夫

盛岡市みたけにある古びた和風住宅に、大きなダミ声が轟《とどろ》いていた。声の主はテレビの前にどっかと胡坐をかいたまま、顔を紅潮させている。この家の主の佐野和夫だった。

「母さーん、あれ、どごにあったっけー」

「あれ、って何よ」

台所の暖簾《のれん》を持ち上げるようにして、妻が顔を覗かせた。

「だがら、ほれ、あれよ」

佐野はもどかしかった。そのモノの形は頭に浮かんでいるのに、名称が出てこないのだ。電気工事会社を退職してから五年。最近とみにこの傾向が強くなってきている。痴呆の始まりかと慌ててかかりつけの医者の所に駆け込んだら、年相応の物忘れと診断された。それで安心したせいではないのだが、事あるごとについ妻に頼ってしまう。佐野はジェスチャーまじりで妻に訴えた。

「ほれ、町内会でやった、ほれ、敬老会の飾《かざ》り付けで、ほれ、実行委員の母さんだぢ、一〇〇円ショップで大量に買い込んだっけよ、ほれ、あれあれ」

「えーっ……ああ……紙テープのこと？」

「それだぁー、それそれ、紙テープ。あまってるって言ったべ」

「ああ、言ったけど」

「それ持ってきてけろ。一本でいい。何色でもかまわねぇがら」

「何に使うの」

「いいがら、まず持ってきてけろ」

怪訝そうな顔で妻が居間を横切り、二階への階段を上って行った。板を軋《きし》ませる音が聞こえてくる。体重に比例した音だった。

「そうだ、レースはどうなってら」

佐野は再びテレビの画面に目をやった。高倉の顔が大きく映し出された。

「やっぱり、あのアンチャンだ」

佐野は確信していた。

正直、驚いた。すぐにあの青年だと気付いた。そしてその走りにどんどん惹きつけられている。見ているうちに、なんだか落ち着かない気持ちになってきた。実況アナウンサーはどこからスタートしたのかわからないようなことを言っていたが、自分はたしかにあの青年が南側ゲート付近からスタートしたのを見ているのだ。自分が証人だ。そして実況アナウンサーはこうも言っていた。彼はいったいどこを目指しているのか、と。当然、ゴールだと佐野はテレビに向かって答えた。あのゲートの地面には、チョークで書かれた白く細い線が引いてあった。あれがスタート地点だとしたら、ゴールもあの辺りにあるのだろうと佐野は思っていた。そして急に、その青年のために何かしてやりたい気持ちに駆られた。青年の走りは、自分の足跡と重なるような気がしたのだ。そしてそんな青年を認めてやれるのは、自分しかいないのではないかと。そう思うと、居ても立ってもいられない気分になった。これも何かの縁かもしれない。スタートを見てしまったからには、俺がゴールも見届けてやらねばと。大げさな言い方だが、それが天に課せられた自分の使命のような気がしてならなかったのだ。

「あったわよ、これ」

いつの間に階段を下りてきたのか、妻が目の前に白い紙テープを突き出した。

「おお、これだ、これ」

佐野はひったくるようにしてつかみ、ヨイショの掛け声と共に立ち上がった。

「なにするの」

「ゴールだ、ゴール。このアンチャンのためにゴールをこさえてやらねばよぉ」

佐野はテレビに映し出された高倉の顔に頷いた。

三五キロ地点通過・中継車

「今、中澤が三五キロ地点を通過しました。手元の時計では一時間四五分三三秒。高倉がその斜め後方に続きます。あっ、今、誰にともなく頭を下げました。一瞬ですが、高倉が小さく頭を下げて、まるで感謝の気持ちを示したかのようにも見えました。さぁ、地元スーパーの前に陣取った観衆が、拳を天に突き上げています。それに呼応するかのごとく、沿道からは大きな拍手が沸き起こっています。暖かい声援だ。これで少しはスタミナが回復したか、高倉。さぁ、先頭を行く中澤の表情を見てみましょう。変わりはありませんね。依然として力強い走り。そして一方の高倉はといえば、おっと、少し疲れた様子でしようか。口を開きだしましたよ」

「う一ん、疲れていて当然でしょうね。それと周りに気を使ったことで、少しばかり緊張の糸に緩みが生じたのかもしれませんね」

「なるほど。ここまで言ってみれば孤独な走りを続けてきた高倉選手であります。極度の緊張の中で、強い意志を武器に走り続けてきたことでしょう。それがここにきて世間の情に触れたことで、頑なだった気持ちに変化が表れたのでしょうか」

「第一中継車の桜井さん」

「はい、本部の田沼さん、どうぞ」

「三五キロの正式タイムです。中澤選手は一時間四五分三三秒。そして高倉選手の推定通過タイムは、一時間四五分三四秒と思われます。以上です」

「はい。本部の田沼アナウンサーに伝えてもらいました。いやぁ、宇都宮さん。このタイムをどうご覧になりますか」

「そうですねぇ。中澤君は三〇キロから三五キロ地点までを、ジャスト一五分で走ってきましたからね。これは前の五キロから八秒も上げてきていることになります。よく離れないでついて来ているものだと、正直驚いています」

「そうですよねぇ。日本を代表するマラソンランナーに、ぴったり食らい付いている形の高倉選手。かといって、死に物狂いといった形相《ぎょうそう》ではありません。たしかに疲れからでしょうか、口は幾分開きかげんですが、むしろ淡々とした表情にも見えます。さぁ、残りは七キロ」

「高倉選手にとっては、ここが我慢のしどころですよ」

「と、いいますと」

「高倉選手があくまで初フル、つまり今回が初めてのフルマラソンと仮定しての話ですが、マラソン界にはこういう言葉があります。初フルマラソンにおいて、最初の八キロはあっという間だが、残りの八キロはとてつもなく遠いと」

「なるほど。高倉選手は今、そのとてつもなく遠い距離に足を踏み入れているわけですね」

桜井は少し顔を上げて、沿道の方向を覗き見た。高倉の姿は人垣に隠れている。その間に宇都宮は手元の資料とデジタル時計を素早く見比べた。

「中澤選手はこの調子でいきますと、推定フィニッシュタイムは……二時間八分台前半の記録を出しそうです。これにしっかり食らい付いていけば、高倉選手も二時間八分台。もし本当に初フルだとしたら、これは驚異的なことですよ」

「そうですねぇ。もしも高倉選手が正規にエントリーした選手だったら、本当にこれは凄いことなんですが……うーん、重ね重ね悔やまれます」

「いや、これからでも遅くはありませんよ。まだ年齢も三十そこそこということですし、こんな言い方もなんですが、まだ使い減りしていませんからね。これはもう次のチャンスを与えてみるべきでしょう。体調の回復を待って、陸連の特別推薦で、しかるべき大会に正式にエントリーさせてみるとか。ここまでの彼の走りを見る限り、日本陸上界に突如彗《すい》星《せい》が現れたようなものだと言っても過言ではないわけですからね。そうでしょう、桜井さん」

同意を求める宇都宮の口調は、今までにないほど熱かった。高倉の走りを目の当たりにして、なにか今まで引き摺っていたわだかまりのようなものが吹っ切れたかのようにも感じられた。宇都宮の中で、なにかが変わったとしか思えない。おそらく超一級の素材を目にしたことで、抑えていた指導者としての血が沸々《ふつふつ》と騒ぎ出したのであろう。それとも高倉の姿に、今は亡き教え子の健太郎の姿を重ね見てでもいるのだろうか。桜井はそんなことを感じながら頷いた。

「宇都宮さんのおっしゃるとおりです。私もまさかこんな事態に立ち会えるとは思ってもいませんでした。まさしく日本マラソン界に突如現れた彗星、いや、超新星と言っても過言ではありません。そしてそれを迎え撃つのは、日本記録保持者の中澤、世界の中澤敏行。まさに偉大なる壁であります。今のところその走りにブレはありません。むしろ調子はさらに良くなっているように見えます。さぁ、そのトップを行く中澤が、三六・一〇キロの給水ポイントに差し掛かりました。左手を伸ばしました。スペシャルドリンクの入った白いボトルをしっかり手にしました」

三六キロ過ぎ給水ポイント・中澤敏行

――ふーっ、うまく給水できた。ノープロブレム。

でも、なんだか変だ……。沿道の様子が妙な感じがする。それに辺りを包むこの空気の微妙さ。いつもなら感動と興奮の薄皮に包まれたような感じで、時としてそれは熱を帯《お》びて僕の肌に伝わってくるはずだ。

なのに今日は違う。

温《ぬる》い……いや、暖かいのだ。

なんだ、これは……。

そういえば昔、こんな空気の中で走ったことがある……。

そうだ、小学校四年生の頃に出場した親子ファミリーマラソンの時がこんな感じだった。故郷の山裾を走る三キロの部に、父さんと二人でエントリーしたんだ。

あの時のことはよく覚えている。

初めて出場したちびっこマラソンで優勝して以来、僕はどんなレースにも出たがった。走るのが楽しくて楽しくてしょうがなかったからだ。そんな僕を、両親はいつもうれしそうに見守ってくれていた。だから地元で開かれたその親子ファミリーマラソンにも出たくて、夕飯を食べながら父さんを誘ったんだ。父親か母親との出場が参加条件だったからだ。ところが父さんは困った顔をして、母さんに救いを求めるような視線を送って。役場職員の父さんは事務作業が多くて、どちらかというと運動不足気味だったから、今思えば走るのも苦手だったはずだ。だけど出たくてしょうがなかった僕に付き合って、しぶしぶ出場した。

スタートからなんとか好調に走った僕ら親子だったけど、案の定、途中で父さんはスタミナ切れ。僕は後続の親子に抜かれるのが嫌で、何度も何度も父さんを急《せ》かした。でも父さんはもう息も絶え絶えで……。そんな姿を見ていたら、なんだか急に申し訳ない気持ちになって、仕方なく父さんに合わせて休み休み走った。

そしてやっとゴール。

親子ファミリーマラソンは手をつないでゴールするのがルールで決まっていた。だから僕は一〇〇メートルも手前から父さんと手をつなぎ、引っ張るようにして走った。そしたら父さんはビックリするくらい僕の手を強く握り返して、残ったすべての力をラストスパートにかけたんだ。ゴールで母さんが見ていたから、父さんも頑張ったんだろう。ゴールまでの直線、見ず知らずの人たちが次々と駆け抜ける僕ら親子に拍手を送ってくれて。父さんは大拍手の中、ゴールした途端に倒れこんで、しばらくは立ち上がれなかった。そうだ、あの時の会場の空気が、たしかこんな感じだった。なんだか誰も彼も暖かくって。たしか順位は六位でギリギリ入賞を果たしたんだけど、父さんはそれが自慢だったようだ。仕事仲間との酒の席では、しばらくそのことばかり肴《さかな》にして飲んでたって聞いた。僕が有名になってから耳にした話だけど……。

あぁ、いかん。感傷的になっている場合じゃない。まだゴールしていないんだ。どうしたんだ、いったい。これはアットホームな親子ファミリーマラソンじゃないんだ。僕が走っているのは、シビアな国際マラソン大会なんだ。

ん……待て。

そうだ、視線だ。観衆の視線が違うんだ。

トップを走る僕に向けられる視線。羨望《せんぼう》が込められた激励《げきれい》の眼差し。それはいつもと変わらない。なのにもう一つの方向にも視線が向けられている気がする。

おかしい。僕の後ろには誰もいないはずだ。後続の選手にはかなりの差をつけている……。

だいたい左手の沿道が少し前からバラけて二つに割れたように見える。これも変だ。なぜ真ん中を空けているのだ。誰かを通すために空けてでもいるっていうのか。

気になる……。

よし、少しばかり振り向いてみるか――

――な、なにぃ……――

――まさか……まさか、冗談だろう。あいつが走っているのが見えた。そんなバカな。ランナーズハイになると幻覚も見えるっていうのか。おかしいぞ。いや、たぶん、見間違いだ。うん、見間違いに違いない。そんなことあるわけがないのだから。

しかし……気になる……。

気になって仕方がない。

どれ、もう一度だけ――

――うわっ、いた、いたいた、あいつだ。たしかにあいつだ……高倉……健太郎。どういうことだ。髪型が違うし、記憶の中の見慣れたランシャツじゃないが、たしかにあいつだ。

レースの途中から懐かしい気配は感じていたが……まさか、幽霊。そんな馬鹿な。たしかについて来いって呼びかけはしたが、それはランナーズハイになっていたからだ。どういうことだ。あいつが生きていたってことか。いや、だとしたらもう一度勝負ができるってもんだ。そう考え直せ。なにごともポジティブにとらえろ。そうだ、あいつが生きていたとしても、もはや僕について来られるわけがないんだからな。今の僕は、あの頃の僕とは違う。よし、こうなったらこのままフィニッシュまでブッチギリで突っ走ってやる——

三七キロ地点・中継車

「おーっと、中澤が小さく振り向いた。沿道の方向だ。だが、すぐに何事もなかったかのように前を向いた。高倉の存在に気付かなかったのでしょうか」

「いや、気付いたでしょう。ただ、それを表情には出さない。中澤君クラスになると、さまざまな場面を経験してますからね、めったなことでは動じないでしょう」

「そうですか……あっ、中澤がまた振り向きました。一瞬ですが、たしかに沿道の方を振り向きました。すぐに前を向きなおし、今度は何か振り払うかのように首を左右に振っています」

「きっと呆れているんでしょうねぇ。首を振ったのは、あらためて集中しようとしているんでしょう。この辺の気持ちの切り替えの早さはさすがです」

「おーっと、中澤がまた一段ギアを入れ直したのでしょうか。ぐぐーんといった感じで一気にスピードアップしました。ロングスパートの態勢に入ったのでありましょうか。ここまで来れば、あとはもうフィニッシュラインを越えるだけです。さぁ、トップを走る中澤は、さらに力強い走りで間もなく三八キロ地点に差し掛かります。ん……？　いや、またスピードを若干《じゃっかん》落としたような……。どうしたのでしょう。スパートを思い止《とど》まったのでしょうか」

「揺さぶりをかけたのかもしれませんね」

「高倉に対しての揺さぶりですか」

「ええ。ついて来られる器《うつわ》かどうか、試したんじゃないですかね」

「だとしたら、余裕ですね」

「意外と中澤君は、この状況を楽しんでいるのかもしれませんよ」

「なるほど。さすがは世界の中澤であります」

三八キロ地点・中澤敏行

――いや、待てよ。待て、待て。少しは冷静になれ。いいか、順序立てて考えてみろ。

まず、高倉健太郎についてだ。

いいか、高倉健太郎という人間は死んだんだ。すでにこの世にはいない。これは誰もが認める事実だ。墓参りだってしてきた。あいつの名前がしっかりと墓石に刻まれてあった。だから、高倉健太郎が走っているわけはないのだ。

だけど僕は見てしまった。それで一瞬、幽霊かと思ったんだ。でも、どうやら僕だけが見えているのではないようだ。その証拠に、沿道に詰め掛けた観衆が道を空けているではないか。あれは、あの男が走るのを邪魔しないために違いない。だから、あの男は実体として存在しているのだ。

しかし、なんであの男は沿道なんか走っているのだ。いや、それを考えるとややこしくなるから、そのことを考えるのはひとまず後回しだ。

とにかく沿道の観衆にはあいつが見えている。しかも決して怖がっているようには見えない。それどころか応援さえしている。ということは……人間ってことだ。

しかし、だとしたら……あの男は誰だ……そっくりさんか？　いやいや、あんなにそっくりな奴がいるのか……ん、待てよ。そうだ、思い出したぞ。あいつには双子の弟がいたはずだ。全国高校駅伝の時に、双子のランナーって少しばかり騒がれていた。そうだ、覚えてる、覚えてる。あのスポーツ新聞は実家にスクラップしてある。

たしか弟も箱根に出ていたはずだ。高倉健太郎とは違う大学だったし、僕とはレベルが違いすぎたから記憶に薄いが……そうだ、たしか高倉……健……次郎。そんな名前だったはずだ。うん、そうだ、健太郎に健次郎だ。

そうか、弟だ。あいつの弟に違いない。

そうか、そうか。双子だから醸《かも》し出す空気も似ていたんだろう。当然だ。僕が途中から感じたあいつの気配ってのは、弟が発していたんだ。

それにしても……なぜ弟が走っているのだ。兄貴の敵《かたき》討ちか。いや、俺は敵なんかじゃない。むしろ互いを認め合ったライバルだった。それくらい弟だったら知っているはずだ。だから恨《うら》むなんて筋違《すじちが》いだ。

だいたい、何で沿道なんか走っているのだ……。

そうか。大会にエントリーしていなくてコースを走れないからか。

だとしたら、ムチャクチャな話だ。歩道ってのは字の通り、歩くための道だ。走るのには向いていない。段差があって走りにくいし、足首を痛めやすくて危険極まりない。それに距離だって長くなる。マラソンの距離は、車が走る道路の端から三〇センチ中に入った部分を計測して決めているんだ。この道路みたいに側溝がある場合は、側溝の縁から三〇センチ入ったポイントだ。つまりコーナーなどは三〇センチより内側を走れば、それだけ実走行距離は短くなって、体力のロスも抑えられる。マラソン選手なら常識だ。

しかし……待てよ。逆に考えれば……あいつは、そんな最悪の条件なのに、ここまで僕についで来ているってことか。この僕の、中澤の走りに……嘘だろう。信じられん。僕よりも幾分長い距離を走っていることになるのだからな。

いったい、あいつはどこから走り出したのだ。スタート地点にはいなかった。途中から紛れ込んだのか。いや、たとえ五キロ地点からスタートしたとしても、それはハンディキャップとしてくれてやろう。マラソンの素人相手に、同じ条件で競《きそ》うわけにはいかない。

だから、それは、いい。

問題なのは、今、この僕と競っているという事実だ。

許せない。

あいつ、今までどこで鍛《きた》えていたんだ。今までどの大会でも、あいつの姿なんて見ていない。高倉健太郎にそっくりの顔で、よく似たフォームで走っていたら見逃しはしない。だいいち、僕の走りについて来られる日本人選手なんて、今のこの日本にはいないはずなんだからな。

いかん、考えているだけでなんだか熱くなってきた——

三九キロ地点・中継車

「おーっと、また中澤が少しペースを上げました。力強い腕の振り。躍動する下半身。前をしっかりと睨み付けるような表情。今度こそラストスパートでしょうか」

「いえ、すでに中澤君は最初のラストスパートの状態に入っているはずです」

「最初の……ですか」

「そうです。中澤君クラスの選手にしか出来ない、いわば二段構えのラストスパートです。その最初の段階に、残り一〇キロを切った時点ですでに入っています。ですから次のスパートが本当の意味でのラストスパートになります」

「と、言うことは、すでに最初の段階のラストスパートに、高倉選手はついて来たことになりますね」

「そういうことです」

「うーん、これは凄い。さぁ、そしてその真のラストスパートはいつになりますか」

「次の四〇キロ地点でしょう」

「なるほど。残り二・一九五キロで、二段目のロケットに点火するわけですね。さぁ、中澤選手の世界クラスのラストスパートに、高倉選手はこのまま食らい付いていけるのでしょうか」

三九キロ地点・中澤敏行

——しかし、よく、ここまでついて来たな、高倉健次郎。さすがはあの高倉健太郎の弟だけのことはある。誉めてやる。お前は、少なくともムトゥリやパクに勝ったんだから。これはスゴイことなんだぞ。奴らに勝てる日本人は、僕しかいなかったんだからな。だが、それで僕と肩を並べたなんて思うなよ。

お遊びはここまでだ。

お前がなぜ走っているのかは、ゴールした後にたっぷり聞かせてもらうからな。僕には問いただす権利があるはずだ。

よし、いいか、高倉健次郎。僕は四〇キロ地点でお前を突き放す。お前に本当の僕の力を見せ付けてやる。かつてお前の兄貴が万年二位に甘んじ続けたように、どんなにお前が頑張っても僕に勝つことは出来ない。

なぜなら今日の僕には羽が生えているからだ。惰性《だせい》で走り続けているうちに、以前どこかに落としてしまっていた羽を、幸運にも僕はこの盛岡の地で見つけたんだ。お前の兄貴のお導きってやつかもしれない。墓参りしたお礼かもな。だが、高倉健次郎。再び羽の生えた僕に敵《かな》う奴などいるはずがないのだ。

さぁ、まもなく四〇キロ地点だ。どこまで粘れる、高倉健次郎。ついて来られるのか、高倉健次郎。向かって来い、高倉健次郎。

いいか、ここからが本当の男と男の勝負だ――

ラストスパート・中継車

「抜けるような初冬の青空。岩手山おろしの風もおさまり、空気が冴《さ》え冴《ざ》えと澄み切っています。諸葛橋を渡り、トップを走る中澤は二二三号線の一際広い道路に出ました。力強い足取りは変わっていません。選手の目に映る町並みは住宅街から商店街に変わり、賑やかさが増しています。沿道に詰め掛けた観衆の小旗が、一段と激しく振られている。ほぼ一〇メートルごとに植えられているのは、ナナカマドの街路樹です。そのこぼれた赤い実は、歩道を走る高倉の足元を転がっていることでしょう。依然として力強い走りの両者。残りは二キロ少々となりました。二人の目には前方の四〇キロを示すプラカードが、どのように映っているのでしょうか。さぁ、今、中澤が四〇キロ地点を通過。ほとんど間を置かず、その斜め後方に高倉が続いた。さぁ、二段構えの中澤の真のラストスパートだ。高倉はどこまで粘れるでしょうか」

桜井はモニター画面と窓外を交互に見やりながら実況を続けた。胸は高鳴り続けていたが、決して冷静さも忘れてはいないつもりだった。逆にしゃべり続けていることで冷静さを保てているといっても過言ではなかった。じっとしていると、なぜか涙が込み上げてきそうになる。それほどまでに眼前の男たちの戦いは静かで熱く、小波《さざなみ》のように感情を揺さぶってくるのだった。

桜井には二つの炎が見えていた。

一つは中澤の小柄な肉体が発する赤い炎だ。足を一歩前に踏み出すごとに、後方に赤い炎が尾をひいて流れて行く。それは鉄をも溶かしてしまうような高温の炎のように見える。

もう一つは、もちろん高倉の体からだ。中澤の炎に比べると、高倉の炎は冷たい。青白い幽鬼のような炎を全身にまとっているようにも見えたのだ。

「第一中継車の桜井さん」

本部からの呼びかけに、桜井はヘッドホンの位置を正した。

「はい、本部の田沼さんですね、どうぞ」

「はい。中澤選手の四〇キロの通過タイムです。二時間一分三一秒です。大会本部のモニター画面で推測しますと、高倉選手は一秒遅れの二時間一分三二秒と思われます。あくまで推定タイムですが、本部からは以上です」

「はい、田沼アナウンサーに伝えてもらいました。宇都宮さん、中澤はこの五キロを一四分五八秒で来たことになりますが」

「そうですね。予想通り、縮めてきてますね」

「となりますと、タイムは二時間八分台でのゴールと言って間違いありませんね」

「そうです。今のところ疲れも見られませんし、よほどのアクシデントでも無い限り、中澤君は二時間八分台前半でゴールするでしょう」

「なるほど。そして高倉選手ですが」

「うーん、よく食らい付いていますね。中澤君は驚異的ともいえるほどスピードアップしているはずなんですが、離されませんね。見事な根性です。いや、根性という言葉だけで片付けられませんね。あっ、と」

宇都宮の姿勢が前のめりになった。モニター画面を指差している。

「中澤君が本当の勝負に出ましたよ。これこそが真のラストパートです。腕の振りを見てください。一目瞭然《りょうぜん》です。一気に突き放しにかかりましたね」

確かに宇都宮の指摘通り、中澤の体がグンと前に出た。蒸気機関車のような、力強い腕の振りだ。沿道を走る高倉との差が、少しずつ広がっていく。

「ここで離されてはいけません、と言いたいところですが、高倉選手はいっぱいいっぱいでしょうね。いや、本当によくここまで走りましたよ」

まるで勝負は終わったかのような言い方に、桜井はほんの少しばかり反発したくなった。それだけで張りのある声が、一段と高くなる。

「本当にここで終わりでしょうか、高倉選手」

「えっ」

宇都宮が慌てて桜井の横顔を見た。桜井は動じずにモニター画面を睨みつけるようにしながら続けた。

「ここまでデコボコの足場の悪い沿道を走り続けて四〇キロ。黙々と積み重ねてきた道のりの辛さは、想像を絶するものだったに違いありません。たしかに正規のレースにとって、その存在はアウトロー以外の何ものでもないでしょう。しかし、その真摯《しんし》な姿勢に、ひたむきな姿勢に、少なくとも岩手県民は心を打たれました。その証拠に、彼の前にはしっかりと道が開けています。もちろんレースの主催者は認めないでしょうが、沿道に立って小旗を振っている人々は認めています。彼を、そう、コース外を走らざるをえないアウトランナーとして。彼が何のためにこんなことをしているのか、誰もわかりません。しかし、その姿は何かを訴えかけているような気がしてならないのです。そして、その姿から何かを感じ取っている人もいることと思います。言葉にはならない何かを。だからこそ、諦《あきら》めてほしくはありません。沿道を走っているわけですから、彼の耳には直接人々の声援が届いていることでしょう。こうして中継車の中にいても、その声援の大きさに驚きます。中澤と互角、いや、それ以上の声援に思えます。だからこそ諦めるな、高倉健次郎選手。私も沿道に立って声援を送りたい気分にさえなっています。これ以上離されてはいけない、粘れ、高倉健次郎選手」

頭に浮かんだ言葉が堰を切ったように次々と口から溢れ出していく。いつもならそこに自然と歯止めというものがかかるはずだった。だが、今日の桜井にはまったくその歯止めが利《き》かなかった。冷静な立場や中立の立場でいることを義務付けられている実況アナウンサーとしては、おそらく失格であろう。それなのに桜井は、今の状況が楽しくて楽しくて仕方がなかった。こんな痛快な中継は、今までのアナウンサー生活の中で、もちろん初めてだ。地方局にいて、つくづく良かったとさえ思えてくる。こんなことはこの先もあるとは思えない。なにしろ、もうどうなってもいいというくらいの気持ちにさえなっていたのだから。そして自分をそんな気持ちにさせたのは、もちろん沿道を黙々と走る男の姿に違いなかった。なぜ、こうまであの男に惹かれてしまったのだろう。本当に不思議だった。これで東京行きのヘッドハンティングの話もパーだろうなという思いが一瞬桜井の脳裏をかすめたが、それはそのまま霧のように散っていった。

ラストスパート・高倉健次郎

高倉健次郎は限界と戦っていた。いや、とうに自分の限界など超えていたはずだ。それくらい自分でもわかっているつもりだった。胸は心臓を鷲摑みにされたように苦しく、体は鉛《なまり》を背負ったように重い。歩道の段差は少しずつだが、確実に疲労を蓄積させ、荒れたアスファルトは衝撃を吸収するはずのランニングシューズさえ耐え切れなくさせてしまっている。なのに、なのにまだ足が動くのだ。勝手に前へ前へと進もうとしている。自分自身でも驚きだった。自分以外の誰かの力を借りているとしか思えなかった。そしてそれはきっと、兄の健太郎の仕業《しわざ》に違いないと考えていた。

だが、これは同時に一種の拷問《ごうもん》でもある。なにせ上半身は休息を求めだしているのに、下半身がそれを許さないのだから。

——これで、いいんだろう、兄貴——

健次郎は歯を食いしばりながら思った。

目の前には道ができている。沿道に詰め掛けた人々が、自分のためにわざわざ道を空けてくれているのだ。それればかりかこんな自分に対して、暖かい声援さえ送ってくれているではないか。申し訳ない気持ちと照れくささが、時折交互に健次郎を襲った。

——みんなに迷惑かけてるよ。こんなはずじゃなかったのに……これも全部、兄貴のせいだからな——

心で訴えるたびに、今は亡き兄の屈託《くったく》の無い笑顔が浮かんできて、健次郎は泣き出しそうな気分になった。


すべては二年前の、あの出来事が始まりだった……。

盛岡で初の国際マラソンの開催が決定した夜。寝ていた健次郎の枕元に、健太郎が立ったのだ。最初は夢を見ているのかとも思ったが、そうではなかった。

深夜の突然の目覚め。枕元の目覚まし時計が、緑色の液晶で午前二時を示していたのをはっきりと記憶している。八畳間の寝室だ。その暗闇の中に薄ぼんやりと黒い男が立っていて、自分を見下ろしているのだ。それがなぜか健次郎には、亡き兄であると瞬時に理解することができた。男が訴えてくる想念のようなものをしっかり感じ取れたからだ。声を掛けようとしたが、喉が引き攣って出なかった。体も強張《こわば》っていて動かなかったが、これがいわゆる金縛《かなしば》りというやつかと、むしろ冷静に考えることができた。怖くはなかったからだ。それどころか無性に懐《なつ》かしかった。

健太郎は自分を見下ろしながらこう言った。

――走れ、健次郎――

たしかにそう言った。兄の優しい声だった。しかし、それがどういう意味かわからなかった。

それから毎日のように健太郎は枕元に立った。決まって午前二時だ。隣に寝ている妻の奈穂美は、何も感じないのか熟睡している。そして黒い影は決まり文句のようにこう言うのだ。

――走れ、健次郎――

その口調は日を追って強くなってきた。そうなるとさすがに腹が立ってくる。亡くなってしばらくは、会いたくて会いたくて、夢でもいいから会いたいと強く願ったこともある。それなのに、一度も出てきてくれなかったくせに、今さらなんだよと言い返したりもした。だが、健太郎は薄暗がりの中で、申し訳なさそうに俯くだけだった。

た。

昼間もその言葉が耳に蘇るようになって、仕方なくその言葉の意味を考えてみたりもした。

──走れ、健次郎──

長距離競技から足を洗って、その時点ですでに八年以上が経っていた。兄は俺に競技の世界へ戻れとでも言っているのだろうか。まさか、ブランクが長すぎる。そんな馬鹿なこと、苦笑いを何度も浮かべた。

しかし健次郎自身は、決して長距離競技が嫌いになったわけではなかった。競技を止めたのは、両親が兄の幻を自分に重ねて見ているような気がして辛かったからだ。才能溢れた兄を背負って競技を続けるのは、正直重過ぎた。それまで双子のランナーとしていつも比べられ、出来の良い方と悪い方に区別されてきたのだ。もちろん健次郎はずっと出来の悪い方。それで良かった。その役割の方が楽だったからだ。長年その関係が続くと、むしろ居心地の良ささえ感じるようになる。だから親の視線がいつも兄の方ばかり向いていても、大して気にならなくなっていた。それなのに息子が一人になったからといって、急に期待されても困る。いかに双子とはいえ、兄とは持って生まれた才能が違い過ぎるのだ。

兄を奪った競技だと、憎んだり恨んだりもしていない。長距離競技を否定することは、そのまま自分の軌跡まで否定することのように思えたからだ。たしかに兄のように一際《ひときわ》眩《まぶ》しく輝いてはいなかったが、自分もそれなりに少しは光った時期もあったと本音では自負している。人に言われるとつい照れくさくて否定してしまうが、長距離競技にのめり込んだ自分の青春もそれなりに気に入っていたのだ。

時々無性に走りたい衝動に駆られたことも正直あった。そのたびに健次郎は衝動のおもむくまま、クライアントへの道をひたすら駆け続けた。当然、スーツ姿に革靴を履き、ビジネスバッグを小脇に抱えてだ。うっすらと汗を浮かべ、訪問先の受付に立つ。それで十分だった。いや、そう思い込むことにしていたのだ。

だから兄にはこう答えた。とりあえずジョギングでも始めてみるよ。そのうち体が戻ってきたら、市民マラソンのハーフとかに出てみるからさ。

健次郎の答えに、その夜の健太郎はそれまでよりも強い口調で訴えてきた。

――走れ、健次郎――

なんだよ、いったい。健次郎は動かぬ体で不満を訴えた。なにが言いたいんだよ。何をさせたいんだ。走れって言ってるんだろう。だったらそれでいいだろうよ。いつも兄貴はこうだ。口数の少ない俺以上に無口で、それでも理解してもらえていたのは、未来を嘱望された選手だったからだ。周りがみんな気を使ってくれていたんだよ。いいか、今や兄貴に未来なんかないんだ。わかるように言ってくれないと困るんだよ。

その時だ。健次郎の脳裏に、ある言葉が鮮明に浮かび上がってきた。

――盛岡国際マラソン――

兄の想念としか思えなかった。しかし、それはあまりに突拍子《とっぴょうし》もないことだった。アホか、と健次郎は想念を送り返した。だが、兄はしつこかった。

――走れ、健次郎――

バカなこと言うなよ。なんの実績もないヤツが参加できるような大会じゃないんだ。それぐらい兄貴だってわかってるだろう。国際大会なんだ。兄貴のライバルだった中澤とか、世界のトップレベルの連中が走るんだ。無茶を言うな。

とはいえ、中澤の名前を思い浮かべたとたん、無性に走りたい思いが込み上げてきた。中澤敏行。不世出の天才ランナー。兄の終生のライバル。そして自分は一度も直接対決をしたことのない相手。兄の控え選手のような存在だった自分には、対決することさえ許されなかった。高校駅伝のエース対決区間を走るのは、いつも兄の役目だった。自分にとっては雲の上の存在だったが、正直一度くらいは戦ってみたかった男。かといって、今じゃもう手が届かなさすぎる。

――走れ、健次郎――

本当、しつこい。そうか、兄貴は俺に憑依《ひょうい》して中澤と戦いたいんだろう。やっと気付いたよ。そうだろう。でも、残念ながら俺にはサブテンで走るような力なんてないんだ。それどころかなんの実績もないから、同じ土俵にさえ立てないんだ。あいにくだったな。

薄暗がりの中で自嘲《じちょう》気味に笑いを浮かべた健次郎に、健太郎は予想外の言葉を投げかけた。

——走れ、健次郎……沿道を——

沿道？

言っている意味がわからなかった。たしかに……沿道を走るのは勝手だが……。よくよく考えてみると、その一言は健次郎にとって目から鱗《うろこ》が落ちるような言葉でもあった。かといって感心したわけではない。ただ、呆れただけのことだ。

その日から兄は姿を現さなくなった。

姿を見せなくなると、今度はこちらが気になるものだ。健次郎は毎夜、兄が現れるのを待った。だが、一週間経っても、兄は姿を現さなかった。

一〇日ばかり経った頃、健次郎は思い立ってジョギングを始めた。兄に会いたかったからだ。たとえ霊であっても、会えなくなると寂しいものだ。もっと話がしたかった。あんなことやこんなこと、話したいことがたくさんあったことに、今になって気付いたのだ。自分が走り出したことで、また姿を見せてくれるだろうと単純に思った。

いざ走り出すと気持ちが昂《たか》ぶった。

長年のブランクのせいで、当然現役時代のようには走れなかったが、途中で立ち止まりたくはなかった。どこまでもどこまでも駆け続けたかった。そんなことが出来る力を心底欲しくなった。そして自分で気付いたのだ。こんなにも走りたがっていたことに。

元々体育会系で育ってきた人間ほど、自分の体力の衰《おとろ》えを受け止めるのが怖いものだ。健次郎もそうだった。三十歳を目の前にして、自分はただこのまま年老いていくのかという思いに時々かられることがあったのだ。そんな思いに対する精一杯の抵抗。それは走ることだった。

結局、自分なりにプランを立ててトレーニングを開始した。いつ止めてもいいように、妻にも内緒の行動だった。

まとまって練習出来るのは週に一度くらいしかなかったが、それを補《おぎな》うために早出だと言って早朝出社し、朝焼けの盛岡の街中をひたすら人目を避けながら走ったりもした。

職場でも仕事の合間や休憩時間に筋力トレーニングなどを欠かさなかった。実際三〇分程度の時間しかなくても、筋肉や心肺機能に、かなりの負荷をかけることが出来ると気付いたのだ。坂道を使ったインターバルトレーニングや、徐々にペースを上げていくビルドアップ走がそれを可能にした。

さらには仕事後も走った。飲み会の前もだ。兄は依然として姿を見せなかったが、健次郎は黙々と走り続けた。

それが一年続いた。

走行距離も徐々に延ばして行き、とりあえずフルマラソンの距離である四二・一九五キロを走れるくらいにはなっていた。自分でも驚きだった。

だが、問題はタイムだ。

最初は三時間を切ることを目標にした。一キロを四分一五秒ペースで走ればクリア出来る。昔取った杵柄《きねづか》とトレーニングの成果もあって、なんとかこれはクリア出来るようになった。そうなると次の目標は二時間二七分。いきなりハードルを上げた。これは盛岡国際マラソンに出場するためにクリアすべき標準記録だった。

とはいえ正式に大会に出られるとは、これっぽっちも思ってはいない。かといって、兄が言ったような沿道を走るつもりなどさらさらない。とりあえず夢中になれる新しい趣味が出来たようなもので、あくまで自分との戦いだった。

盛岡国際マラソンのコースも頭に入っていた。と言っても、工事中のスタジアムの中に入ることは出来ない。そこでスタジアムの外周を自転車の距離メーターで計り、おおよそのスタートラインとゴール地点を決めた。そうして早朝の薄暗がりの街へ、勢いよく飛び出して行った。幸い週末の地方都市はすれ違う人も車も少なく、健次郎は車道の端を駆けることが出来た。

走ったからといって、何かが変わるようなことはなかったし、新しい何かが見えてくるようなこともなかった。ただの孤独なレースのままだった。

走っているといつしか、頭の中に Mr.Children の歌が流れ出すようになっていた。『Tomorrow never knows』という曲だ。勝利も敗北もないまま孤独なレースは続いてく、というフレーズに心惹かれるものがあった。

そんなある日、ついに二時間二七分を切ることが出来た。二時間二六分五八秒。誰に賞賛されることもなかったが、何かを突き破ったような手ごたえだけは、しっかり感じていた。さらに一キロ三分二〇秒のペース配分を守りながら走り続けた結果、二時間二〇分三五秒という自己ベストを記録した。中澤敏行の足元にも及ばないが、とりあえず国際マラソン大会にだってエントリー出来る立派な記録である。ただし、その後ろに未公認という文字は付くが……。

記録を出したことで、少しばかり欲が出た。もしかしたら、本当に出られるかもしれないと思ってしまったのだ。これから何かの大会に出て、公認記録をもらうという手も考えたが、やはり時期が遅すぎた。それというのも盛岡国際マラソン大会は特別な大会とあって、すでに出場選手は決定済みだったからだ。とはいえ正直悔しさよりも、安堵の方が勝っていた。

その夜、久しぶりに兄が枕元に立った。

──走れ、健次郎──

バカの一つ覚えのように、兄はまた同じ言葉を口にした。

久しぶりに現れたと思ったら、またそのセリフか。ああ、走っているよ。兄貴のその一言が切っ掛けで走るようになったんだ。ずっと見ていてくれたんだろう、兄貴。俺、二時間二〇分台でフルが走れるようになったんだ。けっこう頑張ったよ。もう少しで二時間一〇分台で走れる。自信はあるんだ。これも考えてみれば兄貴のおかげだな。

――走れ、健次郎――

だから、走っているよ。あっ、盛岡国際マラソンのことか。あれはダメだ。もう締め切っているんだ。

――走れ、健次郎……沿道を――

無茶言うなよ。まったく昔っから、兄貴は……。

その瞬間、健次郎の中で何かが爆発した。頭が急激に熱くなった。まとまらないまま、感情が次々と湧水のように溢れ出し言葉に変わっていく。健次郎は薄暗がりの中に立つ健太郎を睨み付けた。

だいたい兄貴はいつもそうだ。勝手すぎる。勝手に死んで、勝手に出てきて。俺らが今までどれだけ泣いて苦しんだかわかっているのか。忘れたくても、忘れられないことばかりだ。悲しみは時が解決してくれるなんていうけど、消化できないことだっていっぱいある。だいたい、なんで死んだんだ。俺ら、真相がわからないままだ。本当に事故だったのか。それとも、噂になったようなことがあったのか。でも、兄貴は遺書なんか書いてなかったよな。もし自殺だったら、それぐらい兄貴なら遺したはずだ。それとも大学側が隠蔽《いんぺい》したのか。知ってるだろう、父さんはショックで仕事を辞めたんだぞ。母さんは倒れて入院した。みんなみんな兄貴のせいだ。俺が長距離を止めたのだって……。

そこまで言って、健次郎は目を閉じた。涙が溢れてきて頬を伝い、枕を濡らした。健次郎は深く重い息を吸った。

いいよ、もう、いい。兄貴だって、さんざん悩んだんだろうし。死んだ人を責めちゃいけないよな。

再び目を開けると、薄暗がりの中で兄が深々と頭を垂れていた。その肩が小刻みに震えているように見えて、健次郎は胸が苦しくなった。

ゴメン……言い過ぎた。

健次郎の言葉に、健太郎はまるで嫌々をするかのように首を振った。首を振るたびに、その輪郭《りんかく》が薄くなっていくような気がして、健次郎は慌てた。今消えてしまったら、もう二度と兄に会えないような気がしたからだ。

兄貴、待てよ。ちょっと、待てって。

健次郎が引きとめようとしても、健太郎はどんどんぼやけた存在になっていくばかりだった。

兄貴……。

健次郎の呟きを吸い込むようにして、健太郎は闇に消えていった。そうして健次郎の予感通りに、再びその姿を現すことはなかった。

沿道の歓声を浴びながら、健次郎は懸命に両腕を振った。まだ、力は残っている。なんとかこのままゴールまでいけそうだった。とはいえ、自分が駆け抜けるゴールはスタジアムの中にはない。

兄貴、いるんだろう。

健次郎は心の中で問いかけた。

わかっているよ。ずっと俺に憑依しているんだろう。気付いていたさ、兄貴の力を借りて走っているんだって。そうでなければ、こんなに速いタイムで走れたりしないもの。いつもはキツイ中盤から終盤にかけても、ペースを大して崩すことなく乗り切れた。やっぱり兄貴はスゴイよ。サブテンで走れる力があったんだもんな。今さらながら、もったいない。

だが、健太郎の言葉は返ってこなかった。

怒っているのか。あの時はすまなかったよ。つい感情が先走ってしまって。でも、俺は結局兄貴の望み通りにこうして走っている、沿道をさ。兄貴はどんな形でもいいから走りたかったんだろう、もう一度故郷の街を。しかも、あの中澤と一緒に。本当はもっと地味に目立たなく終われるものとばかり思っていたけど、甘い考えだった。途中から時々テレビカメラが俺の方を向くようになって、それ以降は声援を受けるようにさえなってしまった。明らかに想定外だったよ。どうしようか、こんなに目立ってしまって。明日は月曜日だから、職場の朝会がある。どんな顔して会社に行けばいいんだろう。なぁ、兄貴。ああ、やっぱり苦しい……。そろそろ限界かなぁ。

——健次郎——

久しぶりの兄の声が左耳に聞こえた。まるで隣にいるかのようにはっきりとした声だった。

——勘違いすんな。憑依なんかしてねぇ——

えっ、どういうことだよ、兄貴。

——俺はただ、お前の横を走っているだけだ——

横を?

健次郎は慌てて左側を見た。もちろん兄の姿は見えなかった。

——俺はなんの手助けもしてねぇ。お前は自分の力だけでここまで走ってきたんだ——

俺が……俺の力だけで……まさか……。

——まさかじゃねぇ。これがお前の本当の力だ——

本当の力……。

——そうだ。俺はずっと気付いてた。お前の才能にな。それがいつ開花するのか楽しみでもあり、怖くもあった――

怖い、って、俺がか。

――ああ。俺が本当に恐れたのは中澤君じゃねぇ。健次郎、お前だ。お前には計り知れない潜在能力がある。なのにお前はどこか、斜に構えて競技しているようなところがあったし、そのうち走るのも止めてしまったしな。もったいねぇのは、お前の方なんだ――

健次郎の背筋に寒気が走った。まったく考えもしなかったことを、唐突に兄から告げられたせいだ。

――さぁ、行け、健次郎。中澤君に離されるな。お前なら、きっと中澤君に勝てる――

勝てるって。まさか……相手はあの中澤だぞ。

――勝ちたいと願え。強く、強く、強く願え。お前に一番欠けているのは、勝とうという強い気持ちだ――

勝とうという……強い気持ち……か。

――そうだ。願え。強く、強く――

ちょ、ちょっと待ってくれよ。なら、兄貴も付いて来てくれるんだろう。

――いや、ここからはお前一人で行くんだ――

きっぱりとした口調だった。それだけで、本当にもう二度と会えなくなるような気がした。

また、会えるんだろう、兄貴。

健次郎の言葉に、健太郎は答えなかった。代わりに頭の中で、微《かす》かに歌が流れ出した。

――再び僕らは出会うだろう　この長い旅路のどこかで――

『Tomorrow never knows』だ。そうだ、兄貴もMr.Childrenが好きだったんだ。俺がカーコンポに入れっぱなしにしてあるCDは、兄貴が実家に置いていったものだ。きっと兄貴は俺と一緒に、これまでずっとこの歌を聴きながら走ってくれていたんだろう。相変わらず弱虫で、兄貴の背中を追いかけていた頃と何一つ変わっていない俺を歯痒《はがゆ》く感じながら。そう思うとなんだかまた感情が昂ぶってきて、切なくなってくる。

――行け、健次郎――

今度こそ本当の、兄の最後の言葉のような気がしてきて泣きたくなった。健次郎は震える下唇を、強く噛み締めた。

わかった。行くよ、兄貴……元気でな。

健次郎は兄を振り切るようにして飛び出した。すぐに兄の気配が、フッと遠くなっていった。そしてその分、斜め前方を走る中澤の背中が、どんどん近付いてくる気がした。

健次郎は願った。勝ちたい、と。

残り一キロ

桜井は目を疑った。内心では、もはやここまでと思えていた高倉の走りが、まるで息を吹き返したかのように見えたからだ。それどころか一段とスピードアップしたように見える。

「おおーっと、驚きです。ここにきて高倉選手がスピードを上げました。どこにこんな力が残されていたのでしょうか。斜め前方を走るトップの中澤に、ぐんぐん迫っていく勢いです。さぁ、前方には最後の給水ポイントが見えてきました。そこが四一・一キロの地点になります。中澤は給水をするのか。そして高倉は給水できるのか。給水所は車道側にあります。さぁ、道端に駆け寄るようにして、中澤が最後のスペシャルドリンクをつかんだ。ストローの付いた、飲みやすいボトルです。一呼吸置いてから、ストローを咥《くわ》えました。一方の高倉はどうでしょう。あっ、コップを持っています。主催者側が用意していた紙コップ入りの水のようであります。係の誰かが手渡してくれたのでしょうか。つぶれてはいますが、しっかりと紙コップを手にしています」

「走りながらドリンクを飲むコツを知っているようですね。あれはわざとつぶしているんです。紙コップをつぶして飲むと顔に水がかかりませんし、こぼれにくくなりますからね」

「なるほど。そのあたりはしっかりと心得ているようです、高倉。さぁ、給水を済ませた中澤が、ボトルを路上に放り投げた。そして一瞬、振り返った。高倉との差を確認したのでしょうか。しかし、その差はもうほとんどありません。あーっと、中澤が沿道寄りにコースを変えてきました。少しずつ少しずつガードレールに寄って行く。高倉を挑発しているのでありましょうか。おーっと、高倉もそれに応じるように、ガードレール寄りを走り出した。高倉の前方にいた観衆は、何かを察知したかのように、慌ててガードレール寄りのスペースを空けだしました。並びます、並びます、今、並びました。白いガードレールを挟んで、両雄が並び立ちました。盛岡市青山《あおやま》町から、みたけのスタジアムに続く直線道路。最後にスタジアムに入るため右に曲がりますが、そこまでは一本道です。もう、ゴールまで一キロを切っています。路上を走るは日本陸上界の至宝、中澤敏行。一方、沿道を走るのは突如現れた彗星、高倉健次郎。一歩も譲らない。まさしく一騎打ち、一騎打ちだぁ！」

——よくぞ追いついた、高倉健次郎。誉めてやる。やはり、あの、高倉健太郎の弟だけ

のことはある。しかし、ここまでだ。僕は絶対に負けない。先に行けるものなら、行ってみろ──

中澤の心の呟きが聞こえたかのように、健次郎は一瞬中澤の方に顔を向けたかと思うと、白い歯を見せて笑いかけた。

──なにぃ、まだ余力があるのか──

驚く中澤を尻目に、健次郎はさらに一歩前に出た。

──ウソだろう──

滴り落ちる汗が、一瞬引いた気がした。

「抜いた、抜いた、抜きましたぁ。高倉が中澤の前に出ましたぁ。おっと、しかしすぐに中澤も並びかけます。今、並ぶ、並ぶ、並んだぁ。抜きつ抜かれつのデッドヒートが、ガードレールを挟んで繰り広げられています。さぁ、選手の右前方には、真新しいレンガ色のスタジアムが大きく見えてきました。とはいえ、そこにあるのは中澤のゴール。高倉のゴールではありません。高倉のゴールはいったいどこにあるのでしょうか」

——やるじゃないか。よし、こうなったら、トラック勝負だ。このままじゃ終わらない、いや、終わるわけがない。おもしろい。スタジアムの中まで行くぞ。来い、高倉健次郎。たとえ陸連が許さなくったってかまわない。この僕が、許す——

「おーっと、中澤が黒いサングラスをはずしました。そしてそれを高々と後方へ放り投げました。サングラスを拾おうとする観客たちが車道に飛びだします。係員が慌てて制止しようとしています。さぁ、一方の高倉はサングラスをかけたままです。表情に変化は見られません。顎の先からは汗が滴り落ちていますが、まったく拭おうともしません。並んでいる、両雄並んだままだぁ。まもなく、残り五〇〇メートルの地点に差し掛かります」

二人の激しい呼吸と足音が、まるでハーモニーを奏《かな》でるかのように重なっている。冷たい炎と熱い炎が、今、一つになって燃え盛っているようだった。

やがてガードレールが途切れた。二人は大きく右へカーブした。真正面にミズオー・イーハトーヴ・スタジアムを捕らえる。ゴールはスタジアムに入ってトラックを四分の三周したところにある。残りは五〇〇メートルだ。

トラック内に通じる門は、大きく開かれている。足元はレンガ風のインターロッキング。すでにスタジアム敷地内の車道と歩道に入っている。驚くことに、選手の右側の歩道はぎゅうぎゅう詰めの人垣が出来ているのに、左側の歩道は係員が数人いるだけだった。どうやら健次郎のために空けているようだった。その気持ちが健次郎には伝わった。胸が熱くなる。並ぶ二人の距離が一気に縮まった。肩が接するほどだ。だが、言葉は無い。ただ、ただ、荒い呼吸がぶつかり合うだけだった。

「さぁ、このまま両者の勝負はスタジアムの中まで続くのか。いや、続けることができるのか。残念ながら第一中継車からお送りするのはここまでです。この後は本部席の田沼アナウンサーにマイクを渡します」

桜井を乗せた中継車は、当然スタジアムの中までは入っていけない。最後の右カーブを曲がらずに直進し、そこに車を停めた状態でギリギリまで競り合いの様子を伝えたのだ。ここからスタジアムの中に入るまでは、外に設置されたカメラが選手を追い、その映像を見ながら本部席の田沼が実況することになっている。桜井は音声が田沼のマイクに切り替わったのを確認して、ヘッドセット型の実況マイクをはずし腰を上げた。そして腰を屈めた体勢のまま車の外に飛び出そうとした。

「どこに行くんすか」

柳原の声に桜井は振り返った。

「この目で高倉のゴールを見たいんだ。後は頼む」

ゴール

レースはまだ続いている。

ゴールまで約四〇〇メートル。

動いたのは健次郎だった。

健次郎は肩が触れんばかりに並んでいる中澤に向かって、少しばかり横を向きながら口を開いた。

「ありがとう……ござい……ました」

荒い呼吸の中で、懸命に振り絞った言葉だった。その言葉が耳に届いたのか、中澤が目を見開きながら健次郎の方を向いた。眉間に皺が寄っている。中澤も苦しそうだった。健次郎は走りながら小さく頭を下げた。一瞬怪訝そうな顔をしながらも、中澤は再び前を向き直した。ここまで来るとランナーは本能で動いている。頭ではない。体がゴールを欲しているのだ。中澤は何事も無かったかのように走り続けている。

大きく開かれた西側ゲート。

金属製の扉は、今や寛容の心さえ感じられるほどに大きく開かれていた。

二人の視界に、真新しいトラックが飛び込んできた。

激しく腕を振る中澤と健次郎。

二人の体が並んだままスタジアムに吸い込まれようとした瞬間、健次郎の姿がカメラから消えた。

栄光のスタジアム内に飛び込んだのは中澤だけだった。場内に設置されたカメラが中澤の勇姿を捉える。その姿がそのまま南側スタンド上部に設置された八五〇インチの大型画面に映し出された。スタジアムの観衆は中澤の姿を認めると一際高い歓声を上げ始めた。すぐに岩手県警音楽隊の演奏が始まった。軽快なマーチだ。中澤は後ろについて来ているであろう健次郎を振り切ろうと、懸命の走りを見せている。もはや振り返る余裕はない。

一方の健次郎はといえば、西側ゲートの入り口の寸前で左に曲がったのだ。その先は木々に覆われて薄暗くなっているスタジアムの外周だった。建物の外側を巡るように、敷き詰められた赤いインターロッキング。その上を未《いま》だ走り続けている。当初から予定していた通りに行動しただけで、少しも迷いはしなかった。健次郎は自分だけのゴールを目指したのだ。以前に計測して、スタートとゴールは決めてある。スタートは南側ゲート付近に白いチョークで記した。申し訳程度にSの字を添えて。そしてゴールはさらに人気の無い東側ゲート付近に、同じく白いチョークで細く引いた線。一応Gの字を記している。それが自分のゴールだった。

スタジアム内の喧騒《けんそう》とは裏腹に、閑散《かんさん》とした外周。健次郎は正真正銘最後の力を振り絞りながら走っていく。誰とも出会わない。もうすぐゴールだ。誰かが追いかけてきているような気もするが、振り切ってしまえばいいだけだ。

右前方の太い柱の傍で、ヒップホップ風の若者二人が拍手をしている。彼らが何事か叫んでいるが、健次郎の耳には聞こえてこない。意識はすでにゴール地点に飛んでいる。

――走れ、健次郎――

叱咤する声が耳の奥に届く。だが、それは兄の声ではなかった。自分の声だった。心の奥底で、もう一人の自分が、己を鼓舞し続けている。

――走れ、健次郎――

そう言ってくれる人はもういないのだ。

いや……。

健次郎は小さく首を振った。

あの兄貴のことだ。きっと、きっとどこかで見守ってくれているはずだ。そうだよ。そうに違いない。

よし。

走る。

俺は走るよ。

兄貴の分も走ってやる。

だから、健次郎はまた強く願った。

——勝ちたい——

ゴールまで一〇〇メートルを切った。

その時健次郎の視界に、驚くべき光景が飛び込んできた。人気《ひとけ》の無いはずの東側ゲート付近に、こっそり記した自分だけのゴール。なのにそこに小さな人垣が出来ていたのだ。前方に張られた白いゴールテープ。右側でテープを握っているのは、見ず知らずの初老の男性だ。そして左側でテープを持っているのは、ストリートバスケでもやりそうなファッションの小柄な若者だった。その周りでは似たような風体の若者たちが数人、拳を突き上げて叫んでいる。そしてその中に、子供を抱いている若い女性の姿……。

「走れー！　健次郎ーッ！」

健次郎は目を疑った。一瞬、幻かと思ったが、そうではないようだ。どう見ても妻の奈穂美と娘の美冴だった。瞬時に、引き返そうかという考えが頭をよぎったが、体は許してくれなかった。中澤同様、今や全身の筋肉がゴールを求めている。

健次郎は覚悟を決めた。しっかりと大地を蹴り、両手を広げてゴールに飛び込む。白い紙テープが体に触れて舞い上がった。健次郎は左腕にはめたデジタル時計の突起を押した。それだけの行為なのに、全身の力が急激に消えるような脱力感を覚えフラついた。小柄な若者とその仲間たちが慌てて飛び出してきて、健次郎の体を支えた。

その瞬間、スタジアムが震えるほどの歓声が上がり、パンパーンと狼煙《のろし》が打ち上げられた。中澤のゴールを告げる音だった。

自分の方がわずかに早くゴールしたような気がして、健次郎はデジタル時計の表示を見た。二時間八分二三秒で数字は止まっていた。

――やったぞ、兄貴。どうだよ、このタイム――

喜んでくれるはずの兄はもういない。だが、きっと近くで見ているはずなのだと、健次郎は信じて疑わなかった。

荒い呼吸のまま顔を上げると、そこに奈穂美と美冴がいた。

「アホや……」

奈穂美は泣いていた。

「ゴメン……」

「謝らんでいい。見てや、この人たち。パパの走る姿に感動したんやて」

「えっ」

あらためて周りを見渡すと、初老の男性が目を赤く潤《うる》ませながら満足そうに頷いていた。若者たちも泣きながら拍手を送ってくれている。健次郎は動揺していた。自分はただ勝手に走っただけだ。身勝手だと咎《とが》められることはあっても、感動されるなどとは予想だにしなかったことだった。

「スミマセン、みなさん」

健次郎は戸惑いつつも、素直に頭を下げた。

「許したげるわ」

「えっ」

「ウソつかんとやりとげられへんこともあるんやろ、きっと」

奈穂美は涙を浮かべたまま笑いかけた。

拍手をしながら近付いてくる男がいた。桜井だった。桜井は健次郎の後姿を必死に走って追いかけてきたのだ。肩を上下に弾ませながらも、桜井は微笑んで健次郎に握手を求めた。

「テレビの実況を担当していた桜井です。素晴らしい走りでした。あなたの走りは人を惹きつける何かを持っている」

「そんな……」

気恥ずかしさでいっぱいの健次郎は、返す言葉もなく俯いた。

突然、周りが賑やかになった。次々とカメラのフラッシュが焚《た》かれている。いつの間にか周りに新聞記者とおぼしき連中が駆けつけてきていた。複数の記者から次々と繰り出される質問が、重なりながら健次郎を襲った。目の前に突き出されるボイスレコーダー。後ろの方ではやっと追いついたテレビクルーがカメラを向け始めた。無遠慮に健次郎を照らし出すバッテリーライト。

「ちょ、ちょっと待ってぇや」

奈穂美が声を張り上げた。その声に反応して、若者たちが慌てて健次郎らの前に壁を作った。

「早く逃げてください」

小柄な若者が振り返って健次郎らを急《せ》かした。

「なら、とりあえずこちらへ」

桜井が健次郎の手を引いた。

「混乱が収まるまで、ウチの控え室の方に」

健次郎は頷き、美冴を抱きかかえるとコースを逆戻りするように走りだした。慌ててその後を奈穂美が追いかけた。

エピローグ

盛岡市若園町《わかぞの》にあるマンションの一室では、敷きっ放しの布団の上で、世良がパジャマ姿のまま胡坐をかいていた。喉の渇きで目が覚めたのだ。大会終了後、毎日のように続く飲み会でいささか疲れ気味だったが、決して気分は悪くなかった。大会に関わった地元の人々は皆成功を喜び、そして世良たちとの別れを心から惜しんでくれたのだ。ここにきて、なんだかやっと盛岡の人に溶け込めたような気さえしていた。とはいえ、感情に流されるのは自分の性分じゃない。なにより自分が生きていく道はここではないのだ。

「道」という言葉が浮かんだ瞬間、なぜかあの高倉という男の走る姿を思い出した。あの男も違う道を走って、きっと見えてきたものがあったはずだ。自分はこの盛岡という地で大会運営という道を走ってきた。それは本来の道とは違う道だった。だがひとつだけ胸を張れることがある。それは、そんな道でも本気で走ったということだ。その結果、新たな道も開けた。

会社の人事部からは内示があった。世良たち四人は揃って本社に戻ることが決まった。

世良のポストは事業局事業部次長兼第二事業課長。念願のラインの管理職としての栄転だった。部下の三人も、そのまま世良の下に配属されることになっている。

さらに驚くこともあった。あの大久保が結婚するというのである。相手は大会事務局に盛岡市から派遣されていた臨時職員の女性である。萌《もえ》ちゃんという事務局のアイドル的存在で、天真爛漫《らんまん》を絵に描いたような女性であった。何事も奥手の大久保にしては、大金星を上げたと言ってもいい。二人の関係にまったく気付かなかった世良には、まさに仰天《ぎようてん》ものの話であった。その報告を昨夜二人から受けたばかりである。しかも世良夫婦に仲人《なこうど》をお願いしたいと言うのだ。世良くらいの年代だと、男は仲人を頼まれて一人前という教えを受けている。そのせいか、仲人という響きには感慨深いものがあった。これから結納《ゆいのう》やら何やらの準備で、大久保は足繁く盛岡に通うことになるだろう。大久保にとっても、この盛岡は生涯忘れられない土地になったということだ。

「よいしょっと」

年寄りじみた掛け声で立ち上がり、世良はふらつきながら台所に向かった。水道の蛇口を捻り、置いてあったコップに水を入れると喉を鳴らしながら一息に飲み干した。

「ああ……うまい。盛岡は水もうまいんだ」

水道水を、そのままペットボトルに入れて販売できる自治体は、それほど多くは無いだろう。それが可能な街だった。

振り返ると殺風景な1LDKの部屋。大した荷物は無いが、それでも少しずつ片付けだしたら、ダンボールの山が出来だしている。その光景が、なんだか寂しくて胸が少しばかり切なくなった。

「まいったな……東京に戻る日が決まってから、急にこの街が好きになってきたみたいだ」

世良は苦笑いを浮かべながら、大きく背伸びをした。

その頃、日増しに初冬の色濃くなってきた県営運動公園のランニングコースを、健次郎は紺色のウィンドブレーカー姿で走っていた。日の出の遅いこの時期は、まだ夜の暗さが何割か空に残っている。吐き出す息は薄っすらと白い。

すれ違うランナーたちは健次郎の姿を認めると驚き、握手を求めてきた。そのたびに立ち止まるので、なかなかトレーニングにならない。健次郎は苦笑した。もうしばらくはこんな状態が続くのだろう。見上げると前方の木々の合間に、ミズオー・イーハトーヴ・スタジアムの赤い壁面が見えていた。

あれから一〇日経っていた。

関係者の懸命な対応と健次郎の真摯に反省する姿に、日本陸上競技連盟と大会本部は寛大な措置《そち》を取った。

——処罰せず——

もともとどこの団体にも所属していない健次郎だったから、連盟の処分の対象にはなりえないのではあったが、万が一の刑事罰ということも考えていただけに、正直安堵していた。

その代わり条件を一つ突き出された。来年二月の東京国際マラソン大会に、日本陸連の特別推薦という形で出場するということ。

健次郎はそれを飲んだ。もう一度走りたいという気持ちが沸々《ふつふつ》と湧き出していただけに、その申し出は内心渡りに船だった。

このような展開になったのはテレビ中継を担当した系列のドン、帝都放送の力も大きかった。なにせ番組視聴率がべらぼうに良かったのである。真昼間のスポーツ中継だというのに、関東地区で二二・八％の高視聴率を記録。ちなみに岩手地区では四三・六％という驚異的な数字を叩き出したのだ。当然、現場責任者の中館も高い評価を受け、人事異動の噂もどこかへ消えてしまった。なんといっても紅白歌合戦級の数字である。

これにはここ数年低視聴率に喘《あえ》ぎ、系列局の突き上げに苦しんできた帝都放送経営陣も破顔《はがん》した。これは使えると判断したのだ。マラソンというある程度数字が取れるコンテンツの中で、さらに確実に数字が稼げるキラーコンテンツともいえる健次郎の存在。テレビ業界の人間は、数字を稼げるモノを極めて丁重《ていちょう》に扱い崇《あが》める。それが人であっても動物であっても。もちろん次なる好数字を期待してのことだ。

実際、健次郎の勤める会社には、マスコミからの取材依頼が殺到していた。テレビ、ラジオに新聞各社はもちろん、男性雑誌から女性週刊誌に至るまで、さまざまな媒体から露出を求められていた。さらにはCM出演のオファーまで。これには健次郎も閉口気味だったが、一気に元気になったのが病み上がりだったはずの社長の川瀬である。

若い頃は東京の芸能事務所でマネージャーを経験し、故郷の岩手に戻ってからは広告代理店を設立。苦節三十年の末につかんだビッグチャンスとばかりに、自ら健次郎のマネジメント役に名乗り出たのである。

社長と社員という関係以上に恩義を感じていた健次郎は、そのすべてを川瀬に委《ゆだ》ねた。胃の切除という大手術から復帰したばかりの川瀬が、潑剌《はつらつ》と動いている姿が素直にうれしかったからだ。

「おい、高倉」

聞き覚えのあるダミ声に呼び止められて、健次郎は立ち止まり振り返った。そこに川瀬がいた。上下揃いのグレーのトレーニングウェア姿だ。小柄な川瀬にしてはサイズが少し大きすぎだが、真新しくて一目で新品とわかるウェアだった。

「どうしたんですか、社長」

「俺も少し運動しなきゃと思ってな。俺の家、この近くだからさ。とりあえずジョギングの真似事から始めようかと」

「大丈夫ですか。無理しないでくださいよ」

「もう病人扱いするな。実は医者からも運動を勧められていたんだ」

川瀬は眉毛を八の字にした。

「なら、いいですけど。でも、いきなり走っちゃダメですよ。まずは早足で歩くくらいから」

「わかってるよ。まったく言うことがウチの嫁と一緒だな」

クックックッと飲み込むように川瀬は笑った。

「そうそう、昨夜、宇都宮さんから連絡があったぞ」

「宇都宮さんから……ですか」

「ああ」

もったいぶったように川瀬は腕組みをした。

「やたらと張り切ってるな、あの人。で、東京国際マラソンに中澤も走らせるってさ」

「えっ、中澤も」

健次郎の心に、何か蠢《うごめ》くものがあった。

「中澤本人が出たいって陸連に訴えたそうだ。よっぽどお前に負けたのが悔しかったんだな」

「やめてくださいよ。勝ったのは中澤です」

慌てて否定する健次郎を、川瀬はおもしろそうに見つめている。

あの日の中澤の優勝タイムは二時間八分二四秒。これが公認記録である。しかし健次郎のスタートとゴールを見届けたという人が名乗りを上げ、途中で健次郎を目撃した人たちも次々と証言しだした。その証言による足取りは、見事に線となって繋がったのだ。これにより健次郎が実際にマラソンコース沿いを走ったことが証明された。さらには興味を持った某スポーツ新聞が健次郎の走ったコースを計測したところ、なんと四二・一九五キロより長かったことが判明したのだ。そしてとどめとばかりにゴールを見届けた人たちは声を揃えてこう言った。中澤がゴールした時の狼煙の音より、一～二秒早く健次郎がゴールしていたと。

「それから、宇都宮さんの教え子とかって学生がいただろう」

「関東体育大学の東山ですね。根性があって、あれはいい選手ですよ。アクシデントで順位を思い切り下げながらも、最後は巻き返しましたからね」

足を引き摺るようにしながらも前方を睨みつけていた東山の、勝気そうな横顔が脳裏に浮かんだ。東山は後半粘りの走りを見せ、見事八位に入賞している。

「その東山も東京国際マラソンに出してくれと直訴《じきそ》してきたそうだ」

「えっ、いや、それは。若いとはいえ、少しは休まなきゃ」

「ははっ、自分のことは棚に上げてか」

川瀬は鼻に皺を寄せた。

「しかし、お前は本当に福の神みたいだな」

「なに言ってるんですか」

「タダで会社の宣伝をしてもらったようなものだからな。お前が勤めている会社っていうだけで、広告主に興味を持ってもらえたらしくて、ここ一週間で商談が倍増の勢いだぞ。社員連中もクライアントから次々と声がかかるもんで、てんてこ舞いの忙しさだ」

それには申し訳ない気持ちで俯くしかなかった。あの日以来、健次郎は半日しか出社していない。会社の前に陣取ったカメラマンとの騒動を避けるため裏口から逃げ出し、後は社長命令で自宅待機ということになったのだ。とはいえ自宅にもカメラマンが押しかけてきたため、今は盛岡市青山町にある妻の実家に避難している。本来なら挨拶回りにでも行かなければならない健次郎のクライアントは、すべて後輩の三浦が担当してくれていた。まだ電話でしかゆっくり話していないが、三浦はまるで人が変わったかのようにしっかりとした受け答えができていて、正直、健次郎は驚いていた。

「なに、気にするな。社員連中はみんな喜んでるよ。これで冬のボーナスは安泰《あんたい》だってな、ははっ。それからなぁ、お前が飲んだスズメ蜂スポーツウォーターな。あれ、急激に売れ出したそうだ」

川瀬は声を出して笑い出した。

「えっ、そうなんですか。いや、それはよかった。販促キャンペーンの次の手を考えなきゃって思っていましたから」

自然と頬が緩む。自分のというより、三浦の手柄《てがら》だなと思えた。

「養蜂場の親父さんが大喜びだって、三浦が報告しに来たよ。何が切っ掛けか、わからんもんだな、ははっ。そうそう、お前のおかげといえば、ほら、実況した桜井アナウンサーも」

「桜井さんがどうかしたんですか」

健次郎は桜井の人の良さそうな笑顔を思い出した。あの日、自分もマスコミの一員だというのに、桜井は健次郎と一緒になって逃げてくれたのだ。

「昨日、岩手県広告業協会のパーティーがあってな。そこで、みちのく放送の社長に会ったんだが、えらくご機嫌でな。つい口が滑ったんだろう。まだ正式に発表したわけではないが、なんでもしばらく帝都放送に出向するそうだ。アジア大会の実況班に抜擢《ばってき》されたそうでな。そこでうまくやれば、次のオリンピックの実況班にも入れるんだとさ。地方局のアナウンサーとしては極めて稀《まれ》なケースだって言ってたな」

「へー、スゴイですね」

「実力が認められたってことだろう。たしかにいい実況だったからな。地方の力を見せつけてやります、って張り切っているそうだ。でも、桜井アナウンサーもお前のことを福の神だと思っているかもな」

「そんなことないですよ」

そう答えながらも、なんだかうれしかった。仕事柄放送局にも出入りしているが、健次郎の担当民放局は別の会社だった。したがってあの日が桜井とは初対面だったが、なんだかそんな感じがまったくしない、相性の良さのようなものを感じていたからだ。

「さぁ、お前はしっかり走れ。これからはトレーニングも業務だ」

「業務ですか……だったら、残業つけてもいいんですね」

「なんだってぇ」

川瀬が驚いたように声を上げた。が、すぐに思い出したように言葉を続けた。

「高倉、まだ言い忘れていたことがあった。急遽、社内の人事異動をやることになってな」

「えっ、人事異動ですか」

予期せぬ言葉に動揺する健次郎を見て、川瀬は頬をぴくつかせた。なにか堪えているような顔付きだった。

「そうだ。高倉健次郎主任、お前は昇格。来週から副部長を命じる」

「ふっ、副部長……ですか」

「そうだ、おめでとう」

「あ、ありがとうございます」

「うん。で、我が社の規定では、副部長からが管理職だから。つまりどんなに働いても、超過勤務の対象外だからな」

「えっ……えーっ」

口をあんぐりと開けた健次郎を置き去りにしたまま、川瀬は笑い声をあげながら駆け出した。

参考文献

「岩手百科事典」岩手放送岩手百科事典発行本部編　岩手放送
「知識ゼロからのジョギング＆マラソン入門」　小出義雄　幻冬舎
その他、たくさんのマラソン愛好家の方々のホームページ等を参考にさせていただきました。
ありがとうございました。

日本音楽著作権協会（出）許諾第一七一一一〇〇六六-〇一号

（この作品『走れ、健次郎』は、平成二十六年十月、小社
から四六判で刊行されたものです）

走れ、健次郎

一〇〇字書評

切り取り線

購買動機（新聞、雑誌名を記入するか、あるいは○をつけてください）

□（　　　　　　　　　　　　　　）の広告を見て
□（　　　　　　　　　　　　　　）の書評を見て
□ 知人のすすめで　　　　□ タイトルに惹かれて
□ カバーが良かったから　□ 内容が面白そうだから
□ 好きな作家だから　　　□ 好きな分野の本だから

・最近、最も感銘を受けた作品名をお書き下さい

・あなたのお好きな作家名をお書き下さい

・その他、ご要望がありましたらお書き下さい

住所	〒				
氏名		職業		年齢	
Eメール	※携帯には配信できません		新刊情報等のメール配信を 希望する・しない		

この本の感想を、編集部までお寄せいただけたらありがたく存じます。今後の企画の参考にさせていただきます。Eメールでも結構です。

いただいた「一〇〇字書評」は、新聞・雑誌等に紹介させていただくことがあります。その場合はお礼として特製図書カードを差し上げます。

前ページの原稿用紙に書評をお書きの上、切り取り、左記までお送り下さい。宛先の住所は不要です。

なお、ご記入いただいたお名前、ご住所等は、書評紹介の事前了解、謝礼のお届けのためだけに利用し、そのほかの目的のために利用することはありません。

〒一〇一‐八七〇一
祥伝社文庫編集長　坂口芳和
電話　〇三（三二六五）二〇八〇

祥伝社ホームページの「ブックレビュー」からも、書き込めます。
http://www.shodensha.co.jp/bookreview/

祥伝社文庫

走《はし》れ、健次郎《けんじろう》

平成29年12月20日　初版第1刷発行

著　者　菊池幸見《きくちゆきみ》
発行者　辻　浩明
発行所　祥伝社《しょうでんしゃ》
東京都千代田区神田神保町3-3
〒101-8701
電話　03（3265）2081（販売部）
電話　03（3265）2080（編集部）
電話　03（3265）3622（業務部）
http://www.shodensha.co.jp/

印刷所　錦明印刷
製本所　ナショナル製本
カバーフォーマットデザイン　芥 陽子

Printed in Japan ©2017, Yukimi Kikuchi ISBN978-4-396-34377-4 C0193

祥伝社文庫の好評既刊